PROPÓSITO ALTERNO

CHRISTOPHER COATES

Traducido por
NERIO BRACHO

PRÓLOGO

Caía una lluvia ligera y la luna no era visible debido a la densa capa de nubes. El clima fue una de las muchas razones por las que habían elegido esta noche para la misión. Una larga hilera de faroles iluminaba la acera, y el camino generalmente congestionado tenía un tráfico mínimo a esta hora de la noche. El letrero luminoso junto al edificio decía Hospital Regional del Noreste. A unos cien metros al sur de la señal había un camino angosto y pavimentado. Allí, un letrero apagado más pequeño decía Solo Vehículos Autorizados. Este camino conduce a un callejón oscuro entre el hospital original y una ampliación que se agregó a fines de los años 70. Esta área estaba restringida y sin luz porque nadie quería ver dónde se mantenían los contenedores de basura. Había varios setos y algunos árboles ornamentales en el lugar para ayudar a oscurecer parcialmente el camino.

Sin previo aviso, en el fondo del callejón, una luz azul neón comenzó a formarse entre dos contenedores de basura. Comenzó a unos tres pies del suelo y rápidamente creció a unos seis pies de alto y dos pies y medio de ancho. Tan pronto como alcanzó el tamaño completo, una mujer de mediana estatura con una complexión delgada salió del portal y entró en el callejón. La luz desapareció. Durante los seis segundos que existió el portal, hubo una conexión entre nuestro período de tiempo y otro, que no existiría nuevamente por casi cien años.

La mujer tropezó, se mantuvo agarrada al contenedor de basura y lo usó para equilibrarse. Respiró profundamente varias veces para ayudar a concentrarse, y luego sacó un pequeño dispositivo del bolsillo del uniforme azul claro del hospital que llevaba puesto y lo presionó contra su cuello. Ella hizo una mueca de dolor por un breve momento donde se había tocado el cuello. Luego se relajó cuando un sentimiento cálido pasó a lo largo de su cuerpo. Ella devolvió a su bolsillo el auto inyector avanzado y esperó unos segundos mientras los cuatro medicamentos surtían efecto. Ya podía sentir que el analgésico y el poderoso estimulante estaban funcionando, y comenzó a caminar hacia la acera. La droga contra las náuseas parecía estar ayudando, pero no tan bien. El cuarto medicamento no pudo detectarlo, pero le dijeron que ralentizaría el colapso celular letal que estaba destruyendo su cuerpo.

Ella sabía que tenía que moverse. El auto inyector contenía solo dos dosis más y tenía que cumplir su misión antes de que se acabara la última. Salió del callejón y se dirigió a la acera. Girando a la derecha, se dirigió hacia la entrada principal del hospital con una preocupación creciente a medida que avanzaba. Sus náuseas parecían empeorar con cada paso y ya podía sentir que su fuerza se desvanecía. Afortunadamente, conocía con detalle el diseño del hospital, ya que lo había estudiado mucho antes de su misión. La entrada principal estaba justo delante y solo unas pocas personas se dirigían en la misma dirección que ella.

La mujer atravesó la puerta corrediza de vidrio y un guardia de seguridad se sentó en un escritorio justo adentro. Giró la etiqueta de identificación que colgaba del uniforme médico para que el guardia pudiera ver el logotipo de la Región Nordeste, y siguió caminando. La identificación llevaba el nombre de Abby Russell. Eso había sido una broma de aquellos que habían fabricado la tarjeta. Abby Russell fue el nombre de la última persona en servir como presidente de los Estados Unidos.

"Gracias. Que tengan un buen turno", dijo el guardia.

La mujer moribunda siguió caminando, pensando lo fácil que había sido. Ella sabía que los niveles mínimos de seguridad eran una razón principal para usar este período de tiempo para la misión. Se dirigió a los ascensores, comprobando dos veces sus conocimientos con el letrero que decía que Maternidad estaba en el cuarto piso. Una vez que la puerta del ascensor se cerró, ella se recostó contra la pared cuando la cabina comenzó a moverse. Cerró los ojos, descansando y agradecida de estar sola. El dolor continuó aumentando. Le dolía mucho la cabeza, pero también le dolían las entrañas y las extremidades y ese dolor empeoraba rápidamente.

Las puertas del ascensor se abrieron y, con un esfuerzo considerable, se obligó a salir de la cabina del ascensor y bajar por el pasillo. Sabía que no caminaba en línea recta e incluso sintió que tropezaba, pero necesitaba seguir adelante. Esperaba que nadie la viera y pensara que estaba intoxicada. Según el plan, todavía era demasiado temprano para otra inyección. Si se inyectaba tan pronto, no podría regresar al portal y a su casa.

Casualmente, pasó junto a la estación de enfermeras y observó a un hombre sentado trabajando en una computadora. Ella sonrió, aliviada al ver que la investigación había sido correcta y que su uniforme quirúrgico coincidía con el de él. Al menos su ropa no llamaría la atención.

Luego, al final del pasillo estaba la habitación de pediatría. Dentro había doce cunas, de las cuales solo seis tenían bebés. Una enfermera estaba allí, cambiando el pañal de uno de los bebés. Ninguno de los miembros del personal había prestado atención a la extraña, que atravesó deliberadamente el corredor. Al final del pasillo, giró a la izquierda y encontró lo que estaba buscando: una puerta marcada como Servicio. Luchó pero logró abrir la puerta, su destreza fallaba, luego entró y dejó que se cerrara detrás de ella. Después de sacar el auto inyector de su bolsillo, lo presionó nuevamente a un lado de su cuello. La cálida sensación regresó, y también su fuerza y estado de alerta. El dolor fue de alguna forma disminuido pero aún significativo.

La habitación contenía contenedores para ropa sucia y botes de basura parcialmente llenos, así como artículos de limpieza. Se trasladó al fregadero y colocó el tapón, sacó dos paquetes sellados de su bolsillo, los abrió y arrojó el contenido en polvo al fregadero. Levantó la parte superior de su bata, sacó de su cinturón dos botellas pequeñas que había atado a cada lado. Cada uno pesaba alrededor de ocho onzas. Desenroscó las tapas, respiró profundo y vertió el líquido verde sobre el polvo. El efecto fue inmediato. El inofensivo humo químico de color blanco comenzó a llenar el armario de servicios. Se dio la vuelta y salió de la habitación, asegurándose de dejar la puerta entreabierta para permitir que el penetrante humo químico llene el pasillo. Se dirigió hacia la habitación con los recién nacidos. Justo antes de llegar allí, entró en una habitación de pacientes desocupada. Se movió hacia las sombras y esperó. Después de dos minutos completos, su ansiedad comenzó a crecer. La espera estaba tomando demasiado tiempo. El dolor había regresado, casi tan fuerte como justo antes de su última dosis, y su pensamiento se estaba volviendo borroso.

Eventualmente, ella podía oler el humo mientras este hacia el trabajo en el pasillo. Escuchó voces preocupadas acercándose y observó a la mujer y luego al hombre apresurarse más allá de su escondite, dirigiéndose a la fuente del humo. Tan pronto como pareció seguro, salió de la habitación, mirando a izquierda y derecha, luego cruzó a la guardería, donde sacó de su cinturón un dispositivo del tamaño de una baraja de naipes y lo sostuvo en el lector de tarjetas. La puerta se abrió de golpe. Derrotar a la seguridad electrónica primitiva había sido una de las partes más simples de la misión.

Entró y leyó los nombres en las cunas, buscando a Devin Baker. El primer nombre que vio pertenecía a una linda niña llamada Tasha Doller. Ella reconoció este nombre. Tasha había sido objeto de una misión anterior. Desafortunadamente, Tasha murió en un accidente por ahogamiento en su adolescencia, antes de que pudiera ser útil. Devin estaba al lado de Tasha y dormía tranquilamente. La intrusa lo desenvolvió rápidamente, sacó un nuevo auto inyector de dosis única del otro bolsillo y lo presionó contra su pierna. Tan rápido como sus manos temblorosas lo permitieron, volvió a envolver al bebé que ahora lloraba y salió de la habitación. Salió y se dirigió al elevador, deslizando el auto inyector utilizado en su bolsillo. Llegó el ascensor y ella entró y se inyectó por tercera y última vez. Con esta inyección, la mejora fue mínima.

Cuando salió del ascensor, sacó dos trozos de papel de su bolsillo. Uno decía que *tuvo éxito*, y el otro, *falló*. Arrugó el que indicaba fracaso y lo tiró en un bote de basura que pasó y devolvió el otro papel a su bolsillo. Los planificadores sabían que ella no estaría en condiciones de escribir una nota en este momento de la misión suicida.

Se acercó a la salida casi sin fuerzas y estuvo cerca de vomitar. Por el rabillo del ojo, podía ver al guardia observándola mientras caminaba. Sin duda él podría decir que ella no se sentía bien.

"¿Ya te vas a casa?"

Ella le dio una débil sonrisa. "No estoy segura de lo que me ocurrió, pero me afectó rápido."

"Bueno, espero que te sientas mejor."

En lugar de responder, ella le dio un leve saludo. Salió, el aire fresco de la noche se sentía bien. Llegó a la acera antes de vomitar. Podía ver y saborear la sangre. Su estómago se sintió un poco mejor e intentó aumentar su ritmo, pero su coordinación estaba fallando y tropezó aterrizando boca abajo en la acera. Con extremo esfuerzo, usó un poste de luz para mantener el equilibrio y logró ponerse de pie y continuó hacia el camino que conducía a los contenedores de basura. Sintiendo algo como una lágrima en su mejilla, se la secó y notó que era sangre. El sangrado de los ojos y la nariz eran posibilidades que ella conocía. Entró en el callejón, manteniendo una mano en la pared del antiguo edificio para ayudar a mantener el equilibrio, y siguió luchando. Después de llegar al contenedor de basura, apoyó la espalda contra él y sacó del bolsillo el último artículo que llevaba. Tenía forma similar a un huevo, pero más pequeño. Dejarlo caer sería un gran problema porque no creía que pudiera levantarlo y volver a ponerse de pie.

El dispositivo parecía sólido, pero en realidad tenía dos piezas. Giró la parte superior del dispositivo con forma de huevo, noventa grados en el sentido de las agujas del reloj, y se iluminó. Fue amarillo durante unos cinco segundos y luego se volvió verde. Tan pronto como vio el verde, lo apretó con toda la fuerza que le quedaba y sintió un clic desde adentro. La luz azul neón reapareció y creció hasta el tamaño de una puerta.

Como su acto final, ella trastabilló a través del portal.

La luz azul desapareció.

PARTE I

1

Era una cálida tarde de verano. Devin Baker, de quince años, y su mejor amigo, Sawyer Gómez, viajaban en bicicleta hacia el norte por State Street. Acababan de abandonar la Iglesia Comunitaria de Hill Side, donde habían asistido a un evento grupal juvenil con más de treinta niños y sus líderes. La mayoría de las semanas, Devin disfrutaba el paseo en bicicleta de cinco kilómetros. Sin embargo, esperaba con ansias el próximo año. Fue entonces cuando tendría su licencia de conducir y podría hacer este viaje conduciendo el Ford Mustang azul de 1979 que él y su padre habían estado restaurando durante el último año.

Después de que los niños salieron de la iglesia, se detuvieron en la tienda local de camino a casa. Todas las semanas venían aquí para comprar un refrigerio para el viaje de regreso.

Estacionaron sus bicicletas cerca de la puerta y fuera del camino de las bombas de combustible. Como siempre, Devin recibió una botella de té helado dulce y una pequeña bolsa de Doritos, y Sawyer recibió un cono de helado empaquetado.

El cajero, un hombre regordete y calvo, sonrió cuando los vio. "Asumí que los vería a ustedes dos esta noche. Todos los miércoles, la misma orden."

"No hay razón para cambiar," dijo Sawyer.

Los muchachos sonrieron y volvieron a sus bicicletas.

Con golosinas en la mano, continuaron su camino. Sawyer codujo con una mano mientras comía el helado. Atravesaron el semáforo y bajaron por una larga y sinuosa colina. Luego, pasarían el estanque donde todos patinaban cada invierno. Su velocidad aumentó a medida que bajaban la colina. En el último minuto, Sawyer vio una pequeña rama en el camino frente a él. No había tiempo para evitarlo, y probablemente no lo hubiera intentado incluso si lo hubiera visto antes. No era grande en absoluto. Cuando lo golpeó, su equilibrio se vio comprometido un poco. No es un problema para un adolescente que estaba cómodo en su bicicleta, pero que había estado prestando atención al helado y no lo esperaba. Asustado, agarró el manillar con la otra mano. El cono de helado se rompió y golpeó su muslo antes de caer al suelo. Con un esfuerzo mínimo, Sawyer recuperó el control y ni siquiera bajó la velocidad. Sin embargo, estaba enojado porque había perdido su helado, que estaba a medio terminar. Ahora su mano estaba pegajosa por la merienda que se rompía mientras la sostenía, y había una gran mancha pegajosa en sus pantalones. Lo peor de todo, Devin lo había visto y lo encontró divertido.

"¡Buen trabajo! ¿Es tu primera vez en bicicleta?"

"¡Cállate! Había algo en el camino."

"¿Esa pequeña ramita? Me parece que simplemente no sabes cómo andar en bicicleta." Devin se echó a reír.

Sawyer no respondió de inmediato, pero hizo un puchero debido a la vergüenza y la pérdida de su cono.

Después de un minuto, dijo: "¿Puedo tomar algunos de los Doritos? Perdí mi cono y tengo hambre."

"Seguro." Devin aceleró para acercarse a su amigo mientras se acercaban a la curva que rodeaba el estanque.

Se detuvo junto a Sawyer y le tendió la bolsa, la misma entrega que los muchachos habían hecho muchas veces antes. Sawyer tomó la bolsa y se acercó demasiado a su amigo. Devin respondió girando a la izquierda, justo por encima de la línea central a medida que entraban en la curva. Al mismo tiempo, un automóvil dio la vuelta a la curva, desde la dirección opuesta, y también se desplazó sobre la línea central. La bicicleta de Devin golpeó la esquina delantera del auto, arrojándolo al parabrisas, antes de caer al camino. Permaneció consciente el tiempo suficiente para sentir que su fémur izquierdo se rompía y su cabeza golpeaba el pavimento.

Lo último que escuchó fue a la mujer gritando a través de su ventana abierta y a Sawyer gritándole su nombre.

Lo primero de lo que se dio cuenta Devin fue de sentir frío, y lo siguiente fueron las luces brillantes. Lentamente, el adolescente recuperó la conciencia. Tenía la boca seca y estaba desorientado. Vio a su madre parada a un lado de su cama y a Sawyer sentado en una silla, ambos con expresiones preocupadas.

Cerró los ojos, tratando de recordar lo que sucedió, y todo volvió a él en un instante. No solo eso, sino que sus sentidos y estado de alerta volvieron a la normalidad.

"Hola mamá." Intentó sentarse en la cama.

"Acuéstate. Fuiste atropellado por un auto y estás en un hospital," explicó su madre.

"Lo sé, lo recuerdo. Pero me siento bien."

"Dev, no puedes estar bien," dijo Sawyer. "Tu cabeza rebotó en el pavimento. Había sangre por todos lados. Y tu pierna se rompió. Yo lo vi. El equipo del S.E.M. le puso esa férula en la pierna mientras él todavía estaba tirado en el camino". Se levantó y se acercó a su amigo.

"Lo sé. Yo también lo pensaba, pero mi pierna se siente bien." Bajó la mirada hacia la pierna.

"Mamá, ¿llamaste a papá? No quiero que tenga que llegar temprano a casa por esto."

"Aún no. Se supone que volará a casa desde la

conferencia, mañana. Cuando recibamos el informe del médico, se lo haré saber."

El padre de Devin trabajó como ingeniero químico y asistía a una conferencia en Vancouver, Canadá. Se había ido al evento una semana antes. Estaba hablando a los asistentes sobre solventes industriales, que es algo que se le pidió que hiciera con frecuencia debido a que era muy respetado en su campo. Esto hizo que Devin se sintiera muy orgulloso de su padre.

El médico de urgencias y una enfermera entraron en la habitación y apartaron la cortina de privacidad.

"Devin, soy la doctora Katman. Me alegra verte despierto. Debo decir que no esperaba verte consciente tan pronto." El médico era una mujer de mediana edad, mediana estatura, con el pelo largo recogido en una cola de caballo. Llevaba un uniforme azul y una larga bata blanca de laboratorio con su nombre bordado en la parte delantera. Parecía amigable pero tenía una expresión preocupada.

"¿Dónde te duela más en este momento?"

"No me duele en ninguna parte. Pero recuerdo que me rompí la pierna izquierda cuando el auto me golpeó."

"Bueno, ahora que estás despierto, voy a examinarte nuevamente para encontrar donde más estas herido."

Una vez que la doctora comenzó a examinar a Devin por segunda vez, la enfermera dijo: "Todos sus signos vitales siguen siendo normales."

Asintiendo, el médico le agarró la pierna y le quitó la férula con cuidado. Luego empujó y giró la pierna, suavemente al principio, luego aumentó gradualmente la fuerza.

"¿Nada de eso duele?"

"No."

"Ciertamente no parece estar roto."

Sawyer se acercó. "Vi el choque y la pierna. Se rompió. Se lo dije a los paramédicos."

"El equipo de SEM mencionó eso," dijo la Dr. Katman, "pero tampoco encontraron nada". "No hay forma de que una pierna se doble en ángulo como estaba, y no esté rota". La doctora lo miró escéptico, luego continuó su examen. La única reacción que recibió de Devin fue un ligero cambio facial cuando presionó el abdomen del adolescente."

"¿Esto dolió?"

"No, nada de dolor. Simplemente se siente un poco lleno. Como presionado."

"Deb, pongamos un ultrasonido portátil aquí. Quiero echarle un vistazo rápido a tu estómago."

La enfermera se volvió y salió de la habitación para buscar el equipo.

Hablando con Devin y su madre, la doctora dijo: "Hasta ahora, todo lo demás parece estar bien. Vamos a obtener una tomografía computarizada de la cabeza, ya que fue noqueado. Hay algunos misterios aquí. Mientras estabas inconsciente, examiné tú cabeza. Tú camisa está cubierta de sangre y hay sangre enmarañada en tú cabello, pero no podemos ver de dónde viene. Ninguno de nosotros puede encontrar una herida, y ahora no hay nada sangrando activamente. Diría que tú y tu amigo se equivocaron acerca de la pierna, pero le haré una radiografía solo para asegurarme."

Mientras ella hablaba, la enfermera empujó la máquina de ultrasonido a la habitación. Levantó la bata de Devin y aplicó gel verde a su abdomen antes de presionar la sonda contra su piel. Después de unos diez segundos de mover la sonda, se detuvo.

La doctora Katman también estaba mirando la pantalla mientras trabajaba.

Cuando la sonda dejó de moverse, la Dra. habló. "Ahí," dijo la Dra. Katman. "Está bien, hay bastante sangre en tu abdomen. Me sorprende que no sea más doloroso y que tus signos vitales sean tan buenos.

Vamos a hacerle una tomografía computarizada de su cabeza, abdomen y una radiografía de su pierna derecha. Mientras eso sucede, visitaré al cirujano de trauma para que pueda venir y revisar su situación."

Cuando la doctora salió de la habitación, Lucy se acercó y tomó la mano de su hijo. "¿Estás seguro de que no tienes ningún dolor?"

"No mamá. Realmente me siento bien. ¿Qué le pasó a la chica que me golpeó? ¿Ella está bien?"

"La última vez que la vi estaba hablando con la policía," dijo Sawyer. "Estaba un poco histérica".

"Recuerdo haberla escuchado gritar antes de desmayarme. Si la policía regresa durante mi tomografía computarizada, por favor, hágales saber que estoy bien."

Una joven vestida con un uniforme marrón entró en la habitación y preparó a Devin para las pruebas. Los paramédicos habían tomado una vía intravenosa camino al hospital. Ella ahora movió la bolsa intravenosa del gancho montado en el techo a un poste plegable incorporado en la cama, y desenganchó el brazalete de presión arterial y el monitor cardíaco. Abrió las ruedas y empujó la cama fuera de la habitación. El asistente médico llevó a Devin a un ascensor, donde descendieron un nivel. A partir de ahí, fue un breve viaje por un pasillo luminoso hasta el área de imágenes y a través de una puerta pesada que leía TC 2. La TC o tomografía computarizada es una serie de rayos X desde múltiples ángulos que permite que el interior del cuerpo sea visto. Trajeron la superficie de la mesa de TC al nivel de la cama del hospital y le preguntaron si podía moverse solo. Cuando estuvieron listos, él usó a propósito su pierna izquierda y empujó para levantar su peso y deslizarse hacia la superficie dura. Como se esperaba, no sintió dolor en la pierna que sabía que se había fracturado.

Todos salieron de la habitación para que la prueba

pudiera comenzar. Devin estaba solo y cerró los ojos, pensando en algo que había ocupado gran parte de su pensamiento durante el último mes. Lo recordó hace unas cuatro semanas. Había estado en casa y necesitaba cortar en rebanadas un limón para una comida en la que él ayudaba a preparar a su madre. Lo cortó por la mitad y luego fue a cortarlo por segunda vez, pero no estaba prestando atención. La cuchilla atravesó el limón llegando directamente en su palma. Gritó y dejó caer el cuchillo, sintiendo que los cítricos le quemaban la herida. Se apresuró al fregadero, abrió el agua fría y metió la mano debajo del chorro. Hasta el día de hoy, no estaba seguro, pero parecía que el dolor se detuvo justo antes de que su palma se metiera en el agua.

Después de un par de segundos, sacó la mano para ver qué tan grave era la herida, pero no pudo encontrar nada malo. No hay rastro de la lesión. Pero volviendo a mirar el mostrador, pudo ver la sangre derramada. Devin rápidamente limpió el desorden. No estaba seguro de por qué, pero no quería decirle a nadie, ni siquiera a su madre.

Su atención volvió al presente cuando lo ayudaron a regresar a la cama y lo llevaron a tomar una radiografía de su pierna. Estaba confundido acerca de lo que había sucedido, pero había un par de cosas que sabía con certeza: la pierna se había roto pero ahora estaba bien. Y todo lo que había sangrado en su vientre ahora estaba curado.

3
———

Tres días después, Devin se sentó en su habitación. Sus padres querían que se lo tomara con calma por otro día antes de regresar a la escuela.

La tomografía computarizada mostró sangre en el abdomen, pero no lesiones en ningún órgano interno, por lo que decidieron mantenerlo dos días en observación, y luego lo enviaron a casa. Los médicos que lo habían tratado estaban confundidos por lo que estaban viendo. Devin había disfrutado escuchando sus teorías, y al final, le dijeron que había sido extremadamente afortunado.

Ahora solo estaba sentado en su cama, aburrido y pensando. Sabía que algo estaba pasando, pero no se sentía cómodo diciéndole a nadie. ¿Qué pensarían ellos? ¿Tendría miedo la gente? ¿Y si los médicos quisieran estudiarlo? Nada de esto tenía sentido.

Llamaron a la puerta y Sawyer entró en la habitación.

"Oye. Tu papá dijo que debía venir. Pensó que estabas descansando."

"No, estoy realmente descansando. Solo aburrido. Mis padres piensan que necesito descansar, pero me siento bien."

Sawyer caminó hacia el escritorio y sacó la silla. Retiró la pila de ropa doblada de la silla y luego se sentó. Vio algo rojo brillante en el bote de basura, que se encontraba entre la cama y el escritorio, y se dio cuenta de que estaba mirando varios pañuelos de sangre.

"¿Tuviste un sangramiento por la nariz?"

Hubo una larga pausa.

"No, no un sangramiento nasal."

Otra pausa

"¿Puedes guardar un secreto?" Preguntó Devin.

"Sabes que puedo." Sawyer parecía ofendido.

Devin miró a su mejor amigo durante varios segundos, decidiendo si debía revelar su secreto. Finalmente, tomó dos pañuelos de la caja sobre la mesa. Luego metió la mano debajo de las mantas y sacó la navaja que había escondido, cuando escuchó a alguien en la puerta.

"No digas nada," dijo Devin. "Sólo mira." Deslizó la cuchilla sobre la parte carnosa de su palma, creando una incisión de una pulgada de largo.

"¡Qué estás haciendo!" Los ojos de Sawyer se agrandaron.

Devin dejó el cuchillo y agarró los pañuelos para recoger la sangre derramada antes de que cayera. No quería que su madre encontrara sangre en la cama.

"Solo cállate y mira," dijo Devin con firmeza. Extendió la herida para que su amigo pudiera ver.

En menos de cinco segundos, la incisión comenzó a cerrarse. En solo otros cinco segundos, desapareció por completo. El único rastro que quedaba era la sangre seca en su piel.

"No lo creo. ¿Cómo hiciste eso?" Sawyer preguntó. El asombro era evidente en su voz.

"No sé cómo ni por qué. Lo noté por primera vez cuando me corté hace unas semanas. Antes de eso, no lo sé. Parece que me recupero rápidamente de heridas menores. Pero nada como esto, hasta hace poco."

"¿Entonces esto es nuevo?"

Devin pensó por un momento. "Cuando era más joven necesitaba puntos después de un accidente de patineta. Un par de semanas después, sacaron los puntos y la herida todavía estaba un poco abierta. Así que no siempre he sido así."

"Esto es Asombroso. ¿Te sientes diferente?"

"No lo creo. Creo que me siento normal. Realmente, estoy confundido. Ambos sabemos que mi pierna estaba rota. Lo sentí y lo viste. Cuando desperté, estaba completamente bien. Simplemente no sé qué pensar."

Después de un momento, Sawyer miró a su amigo. "Hazlo otra vez."

"¿Hacer qué?"

"Tu mano. Córtala otra vez. Ahora que sé qué esperar, quiero volver a verlo."

Devin agarró los pañuelos y el cuchillo y repitió su demostración, profundizando y abriendo una incisión más larga esta vez. El resultado fue el mismo. En menos de cinco segundos, no había rastro de la herida.

"Asombroso. ¿Dolió?"

"Claro, por unos segundos. Se sintió como cualquier corte que obtienes. Pero luego se detuvo y pude sentir cómo se cerraba."

"¡Es como si fueras inmortal! Eso es tan increíble."

"No, no soy inmortal. Recuerda cómo fui noqueado por un tiempo. Y viste lo mal que estaba mi pierna después del accidente. Los huesos se rompieron durante al menos varios minutos. Si alguien me disparara en la cabeza o el corazón, me iría mucho antes de que tuviera tiempo de sanar. No soy un superhéroe. Simplemente me curo muy rápido," explicó Devin. Quería calmar la emoción de Sawyer. Puede que haya compartido el secreto, pero todavía quería mantener esta extraña situación tranquila por ahora.

Después de una pausa, Sawyer dijo: "¿Puedes hacer algo más?"

"¿Cómo qué?"

"No lo sé. Como, ¿iniciar incendios con tu mente, o mover objetos, o tal vez incluso volar? ¿Puedes leer mentes?"

"No lo sé. No lo había pensado. Creo que podría hacer otras cosas."

"Probemos", dijo Sawyer con entusiasmo. "¿Puedes decirme lo que estoy pensando?"

Devin miró a su amigo a los ojos y, al cabo de un minuto, dijo: "No consigo nada."

"Cuando me miras a los ojos, ¿qué es lo primero que piensas que podría estar pensando?"

Devin lo intentó de nuevo y dijo «Helado».

"¡Lo hiciste! Eso es lo que estaba pensando."

"Sawyer, eso es todo lo que piensas. Siempre quieres helado."

"Ok, intenta de nuevo. Pensaré algo más al azar."

Ambos niños lo intentaron durante más de media hora, pero nunca pudieron reproducir la primera conjetura afortunada.

Devin sacudió la cabeza. "No puedo leer las mentes. Esto no está funcionando."

"Está bien, intenta mover algo con tu mente. Empuja ese lápiz del borde del escritorio."

Devin le dirigió a su amigo una mirada dudosa, luego se concentró en el lápiz. Cerró los ojos y empujó con la mente, pero no pasó nada. Lo intentó durante varios minutos antes de darse por vencido.

"Lo siento, amigo, pero parece que la curación es todo lo que hago."

Sawyer asintió con la cabeza. "Una última cosa. ¿Puedes «no sanar»?"

"¿Qué es no sanar?"

"Bueno, si puedes sanar, ¿puedes hacer lo contrario? ¿Puedes abrirte una herida?"

"¿Por qué querría hacer eso?"

"Solo para ver si puedes."

Devin miró a su amigo por unos segundos y luego asintió. Enfocó su atención en la parte carnosa de su antebrazo y la piel y el músculo subyacente se abrieron. Ambos muchachos saltaron.

"¡No lo puedo creer!" Dijo Sawyer.

Vieron cómo la herida se cerraba y desaparecía.

"¡Realmente lo hiciste! Esto es increíble."

Devin miró su brazo y luego a su amigo. "No estoy seguro de lo bueno que es eso. Batman es muy fuerte. Superman puede volar. Yo, puedo hacerme sangrar."

"¿Ya les has contado esto a tus padres?"

"No. Creo que se asustarán. Estoy seguro de que no estarían de acuerdo en mantenerlo en secreto. Quisieran que vea a un médico para ver si hay algo mal, y todavía no estoy listo para eso. No se lo puedes decir a nadie, Sawyer."

El asintió. "¿Y ahora qué?"

"¿Qué quieres decir?"

"Tienes este don... o habilidad. ¿Qué vas a hacer con eso?"

Devin había estado tratando de encontrar una respuesta a esa pregunta desde que llegó a casa desde el hospital.

4

El Mustang azul oscuro de Devin se arrastró por el camino helado de invierno. La nieve cayó espesa y pesada, haciendo casi imposible la visibilidad. Había estado cayendo toda la noche, y ahora en la madrugada se estaba calentando y las carreteras estaban resbaladizas.

Sawyer se sentó en el asiento del pasajero, emocionado por lo que el día prometía traer. Ambos jóvenes estaban en casa de vacaciones universitarias por Navidad y se dirigían a encontrarse con unos amigos que no habían visto desde finales del verano.

Devin y Sawyer habían asistido a diferentes escuelas durante los últimos dos años y medio, pero cuando se juntaron, su vínculo era más cercano que nunca. Esperaban compartir sus aventuras universitarias cuando tuvieron la oportunidad de ponerse al día. Esta vez no fue diferente. Anoche, los chicos habían estado despiertos hasta las 2:00 a.m., pasando el rato, comiendo pizza y hablando de todo lo que habían estado haciendo. Sawyer se aseguró de preguntar cómo iban las cosas con Devin y su novia, Britany. Parecía que su relación se estaba volviendo seria.

De mala gana dejaron de hablar y se fueron a la cama cuando se dieron cuenta de lo tarde que era. Los chicos tenían que levantarse temprano porque tenían planes de encontrarse con otros seis amigos de la escuela secundaria para el desayuno. Ahora se dirigían a la casa de Malcolm Daniele. Antes de cambiar de carrera, el padre de Malcolm había pasado muchos años como chef y siempre le encantó organizar una gran fiesta para su hijo y sus amigos.

Los muchachos se alertaron de un movimiento justo delante a la derecha. Con la nieve cayendo, fue difícil decir exactamente lo que vieron, pero parecía una cabeza humana flotante. Entonces una persona vestida de blanco se abalanzó sobre el Mustang. Ambos muchachos saltaron, y Devin luchó para mantener el auto bajo control y evitar golpear a esta persona.

"¡Cuidado!" Dijo Sawyer.

Cuando se detuvieron, quedó claro que se trataba de una mujer que llevaba una bata blanca, por lo que había sido invisible a excepción de su cabeza. Ella también les estaba gritando algo. El primer pensamiento de Devin fue alejarse de esta loca. Al mismo tiempo que estaba descartando esta idea, se dio cuenta de que olía a humo. "¿Qué estás haciendo?" Sawyer le gritó a la mujer cuando salía del auto. "¡Podríamos haberte atropellado!"

Devin caminó alrededor hasta el frente del auto y vio que la mujer solo llevaba pantuflas con su bata de baño. Estaba tan histérica que no podían entenderla.

"Calma," dijo Devin. "No podemos entender lo que estás diciendo."

El olor a humo era más fuerte ahora y parecía provenir de una casa escondida en los árboles.

"¡Mi casa está en llamas! ¡Mi hija está adentro! Por favor ayuda. ¡Megan está dentro!"

Sawyer y Devin se miraron por un breve momento y luego corrieron hacia la casa en el bosque.

Sawyer sacó su teléfono del bolsillo y le gritó a la mujer: "¿Llamaste al departamento de bomberos?"

"Sí, ya vienen. Pero mi Megan, ella todavía está allí," la mujer respondió con angustia.

Cuando los muchachos se acercaron a la casa, vieron un espeso humo blanco saliendo de los ventanales del segundo piso.

Subieron las escaleras al porche. El humo era más espeso aquí, y al mirar hacia la casa a través de la puerta corrediza, no podían ver mucho por eso. Lo que vieron fue un resplandor anaranjado que parecía estar bailando en el espeso humo. Sawyer agarró la manija y tiró de la puerta corrediza de vidrio, pero no se movió. La mujer se estaba reponiendo. Se había resbalado y caído dos veces en el camino a la casa porque sus pantuflas no tenían banda de rodadura y la nieve hasta los tobillos era bastante resbaladiza.

"¡Esa puerta está cerrada!" ella gritó.

Sawyer comenzó a salir del porche para encontrar otra puerta, cuando Devin lo llamó.

"Quédate aquí." Luego miró a la mujer. "¿Dónde está ella?"

"Ella estaba arriba en su habitación."

Devin se alejó de la puerta unos ocho pies, luego corrió hacia ella y brinco hacia la puerta. El cristal explotó. Con un choque doloroso, cayó en una mesa auxiliar que no había visto por todo el humo. Sintió el cristal desgarrarle en el brazo y la mejilla izquierda. Se desplomó en el suelo cuando el tobillo derecho giró. Un fuerte dolor sacudió su cuerpo, causado por el impacto con la puerta y la torcedura del tobillo, pero no tuvo tiempo de acostarse allí. Después de ponerse de pie, siguió adelante y el dolor ya había desaparecido. Gritó a la chica, pero las alarmas de humo sonaban y sabía que no podría escuchar si ella respondía. De pronto, él estaba ahogándose. Se obligó a avanzar, asombrado de lo caliente que estaba.

Al acercarse a los escalones, pudo ver un poco mejor. Había mucho más fuego aquí y proporcionaba algo de iluminación. Parte del techo ya había caído, y tuvo que mover los escombros para pasar. Podía sentir los objetos calientes quemándole las manos. En las escaleras, apartó una gran lámina de paneles de yeso caídos y vio a una niña pequeño debajo. El material colapsado había abierto una gran herida en la parte posterior de su cabeza y brazo. Ella no se movía.

Devin podía sentir el fuego quemándole la carne y el dolor punzante cada vez que inhalaba. Quería desesperadamente salir de este infierno. Después de caer al suelo, notó que el aire era mucho más fresco y menos humeante. Tomó la manta naranja que estaba en la mano de la niña y la cubrió con ella para protegerla del calor. La levantó y corrió hacia la puerta. Devin se movió lo más rápido que pudo, conteniendo la respiración mientras se obligaba a atravesar un muro de llamas. No sabía si la niña estaba respirando. Con suerte, una ambulancia estaba en camino.

Sawyer vio a su mejor amigo volver a la planta. La mayor parte de su cabello y gran parte de su ropa se habían quemado. En sus brazos había un pequeño cuerpo envuelto en una manta humeante. Sawyer observó cómo las horribles quemaduras y ampollas en el rostro de Devin desaparecieron. Los dos muchachos desenrollaron la manta que envolvía a la niña. Sawyer estaba tratando de recordar las diferencias en cómo realizar la RCP en un niño, pero ahora no le llegaba con tanta emoción. Ambos se sintieron aliviados cuando escucharon que las sirenas se hacían más fuertes.

La niña parecía tener unos ocho años, de su cabeza y su brazo brotaba sangre. Los muchachos se sintieron aliviados al ver que su pecho subía y bajaba. No respiraba más de ocho veces por minuto, pero respiraba. Los chicos se agacharon sobre ella y su madre lloraba histéricamente. Devin colocó una mano sobre la frente de la niña y la otra debajo del cuello para abrir las vías respiratorias y poder respirar mejor. Su cuerpo se puso rígido por un par de segundos, y los muchachos vieron cómo la herida fea en su brazo se cerró y desapareció. Ella comenzó a respirar más profundamente, y en unos segundos más sus ojos se abrieron.

Devin la soltó y miró a la niña, asombrado de lo que acababa de presenciar. Señaló su cabeza y le dirigió a Sawyer una mirada inquisitiva. Desde su ángulo, Sawyer pudo ver mejor la herida. Miró y movió el cabello de la niña para poder ver el cuero cabelludo, luego miró a Devin con los ojos muy abiertos y pronunció la palabra, Desaparece.

Cuando pasó el susto de lo que acababa de ver, Devin dijo: "Creo que ella estará bien, mamá. Ven a ver."

Aún en llanto, la mujer se arrodilló y tomó a la niña, que se sentó en los brazos de su madre.

5

Devin y Sawyer salieron del porche y se alejaron de la casa. Llegaban los bomberos y los muchachos no querían interponerse. Sawyer comenzó a decir algo mientras se alejaban, pero Devin agitó la mano con firmeza. Quería asegurarse de que no estuvieran cerca de alguien que pudiera escuchar su conversación. Pasaron por debajo de un alto cedro que estaba lejos de toda la acción que se desarrollaba en la casa.

"¿Sabías que eso sucedería?" Dijo Sawyer.

"¡No! Por supuesto no. Para mí fue una sorpresa tan grande como para ti."

"¿Simplemente sucedió, o tuviste que decirlo de alguna manera?"

"Acaba de suceder. Ni siquiera estaba pensando en curarme. La toqué y fue tan automático como cuando me curo. Acaba de suceder."

"¿Sentiste que algo pasaba entre tú y ella?" Sawyer preguntó. Sus preguntas llegaban tan rápido que Devin apenas tuvo tiempo de responder.

Devin hizo una pausa y pensó de nuevo. "Había algo. No estoy seguro de qué. Era como si sintiera que algo me abandonaba, pero no me sentía débil o agotado. Me sorprendió lo que estaba sucediendo."

Sawyer sacudió la cabeza. "Eso es simplemente asombroso. ¿Qué pasa contigo? Mirando tu ropa, deberías estar gravemente quemado. Pero estás bien, ¿verdad?"

"Fue terriblemente doloroso. Podía sentir mi carne arder, pero se estaba curando casi tan rápido. Ciertamente parece que me estoy curando mucho más rápido que antes." Hizo una pausa. "Intentemos salir de aquí. Con tanta ropa quemada, me estoy congelando. Volvamos al Mustang y volvamos a la carretera antes de que alguien quiera hacernos algunas preguntas."

"Seguro, vamos."

Los muchachos se dirigieron a la acera y siguieron hacia la calle. Pasaron junto a dos camiones de bomberos y pisaron un montón de mangueras de diferentes tamaños. Ya casi estaban en el camino cuando oyeron que alguien se les acercaba por detrás. Se detuvieron y se volvieron, y vieron a un alto oficial de policía uniformado que se acercaba.

"Chicos, por favor esperen un minuto."

"¿Hicimos algo mal oficial?" Dijo Sawyer.

"¿Incorrecto? Ciertamente no. Parece que son héroes. Solo tenemos algunas preguntas que hacerle."

"¿Puedo ir a mi auto y tomar una chaqueta primero?" Dijo Devin.

"Me estoy congelando."

El oficial miró a Devin más de cerca y dijo.

"¿Estás herido? Parece que te has quemado."

"No, no me hizo daño."

"Quiero que los médicos te miren antes de que te vayas."

"De verdad, estoy bien. Solo quiero ponerme el abrigo."

"¿Qué tal mientras tu amigo va y toma tu chaqueta, tú y yo, caminamos hacia la ambulancia y te observamos?"

"Continúa, Dev Conseguiré tu chaqueta y te veré allí."

De mala gana, Devin siguió al oficial. No quería actuar como si tuviera algo que ocultar, pero tampoco quería toda esta atención.

El oficial de policía abrió las puertas traseras de la ambulancia y Devin entró. Se sentía bien estar en el calor, pero estaba lleno de gente con dos paramédicos, Megan y su madre. La joven estaba acostada en la camilla con todos los demás rodeándola.

Su madre agarró el brazo de Devin.

"¿Estás bien? La salvaste. ¡Gracias!"

No estaba seguro de cómo responder.

"Me alegra que esté mejor." Miró a Megan. "¿Te sientes bien?"

"Si. Sigo diciéndoles que me siento bien, y siguen buscando algo mal." Ella suspiró.

Una pequeña y robusta médico femenino se movió junto a Devin. "¿Dónde te duele?"

"Yo también estoy bien. No hay problema."

"Tu ropa está mayormente quemada. Debes tener algunas quemaduras."

Devin se quitó los restos de la camiseta de manga larga y giro en círculo.

"Tuve suerte. No me quemé."

El médico tomó una pequeña toalla húmeda y limpió un poco del hollín de su piel.

Ella parecía estar confundida mientras miraba su brazo. "Hay sangre aquí." Frotó el área con la toalla y encontró una piel sana e intacta. A su compañero, ella le dijo: "Igual que en la niña. Sangre pero sin heridas."

El otro médico levantó la vista del portátil que estaba escribiendo. "Eso no tiene sentido. Tiene que haber una lesión en alguna parte."

Sawyer abrió la puerta trasera y vio lo abarrotada que estaba, así que dijo: "Tengo tu chaqueta y una camisa que estaba en tu asiento trasero. Esperaré aquí afuera."

Le entregó la ropa y Devin se la puso.

"Gracias por revisarme," dijo. "¿Puedo irme ahora?"

"Solo un minuto. Necesito obtener información para nuestro informe, y queremos verificar sus signos vitales y escuchar sus pulmones."

Cinco minutos después, Devin salió y confirmó con el oficial que podían irse. Los muchachos se dirigieron hacia el auto y nuevamente fueron interrumpidos por alguien que venía detrás de ellos. Esta vez fue la madre de la niña.

"Por favor, espere," dijo. "Quiero agradecerles a ambos nuevamente." Ella le dio un abrazo a cada chico. "No sé qué hubiera hecho si ella no lo hubiera logrado." Ella empezó a llorar de nuevo.

Devin le puso la mano en el hombro. "Me alegra que estuviéramos aquí y pudiéramos ayudar."

Tomó a los dos muchachos del brazo, los acercó y miró detrás de ella para ver si estaban solos.

"Sé que estaba histérica, pero también sé lo que vi. Tu cara se quemó horriblemente un momento, y luego estuvo bien. Y en el lugar donde los médicos encontraron sangre en el brazo de Megan, vi que estaba completamente abierta la herida cuando la desenvolviste de la manta. Aparté la vista porque era muy horrible. No podía soportar ver esa lesión en mi niña. Cuando miré de nuevo, el brazo estaba bien. Sé que eso suena loco. Por eso no les dije nada a los paramédicos."

Devin asintió con la cabeza. "Me alegra que hayamos podido ayudarla a usted y a su hija. ¿Me hará un favor ahora?"

"Cualquier cosa."

"Nunca le diga a nadie lo que vió. La gente pensará que estás loca."

Levantó su dedo índice, y todos vieron cómo la

yema del dedo se abría de par en par y luego se cerraba de nuevo. Miró a la mujer sorprendida y movió el mismo dedo hacia sus labios, señalando la señal universal para mantenerlo en secreto.

Devin le guiñó un ojo y los dos muchachos caminaron hacia el auto y se alejaron.

6

Una vez que Sawyer cerró la puerta de su auto, se echó a reír. "No puedo creer que hayas hecho eso. ¿Viste la expresión de su cara? Sus ojos estaban tan abiertos que podrían haberse caído".

"Lo sé. Fue una estupidez. Simplemente me pareció una buena idea en este momento." Devin se unió a la risa.

"Estaba casi tan sorprendido como ella. Todo lo que escucho de ti es cómo debe permanecer en secreto, y luego haces eso. Ni siquiera le has dicho a Britany, y crees que estás enamorado de ella. ¿Fue realmente la primera vez que sanaste a alguien más?

"Juro que lo fue. Nunca pensé que fuera posible. Estaba tan sorprendido como tú."

Devin encendió el motor del auto y los muchachos continuaron su viaje. Sawyer sacó su teléfono y llamó a Malcolm para avisarle que todavía estaban en camino, a pesar de que llevaban casi una hora tarde, y para asegurarse de que se guardara algo de comida

"¿Todavía no les has contado esto a tus padres?" Dijo Sawyer.

"No, no lo he hecho. No tengo idea de cómo podrían tomarlo. "Después de lo que vimos hoy, creo que probablemente es hora de decirles." Sawyer aconsejó.

"Supongo que debería. Lo pensare."

La nieve había cesado, así que Devin condujo más rápido. Más adelante había una escuela primaria cuyo estacionamiento estaba vacío debido a las vacaciones de Navidad.

"Devin, detente en ese estacionamiento por un minuto."

"Por ese lote no ha pasado la máquina quitanieves y no quiero quedar atrapado en la nieve. Ya vamos a llegar lo suficientemente tarde."

"No es tan profundo. Estarás bien."

Devin desaceleró el auto. "¿Por qué? Tengo hambre y vamos muy tarde. Espero que nos hayan guardado algo de comida."

"Quiero probar algo."

Devin no dijo nada más, sospechando hacia dónde se dirigía esto. Cuando el auto se detuvo, Sawyer se desabrochó el cinturón de seguridad y sacó un pequeño cuchillo Barlow plegable del bolsillo de su pantalón. Su padre se lo había regalado años atrás y siempre lo llevaba consigo.

Sacó el brazo de la sudadera y abrió la cuchilla. Puso el filo de la hoja contra la parte carnosa de su antebrazo e intentó hacer un pequeño corte, pero descubrió que no podía obligarse hacer un corte en su brazo. Se había cortado accidentalmente con este mismo cuchillo varias veces a lo largo de los años, pero hacerlo intencionalmente era un asunto diferente.

Después de ver a su amigo intentar cortarse la piel varias veces, solo para detenerse en el último segundo, Devin dijo: "¿Vas a hacer esto o podemos ir a comer?"

"Esto no es tan fácil como parece. ¿Qué tal si lo haces?" Intentó pasarle el cuchillo a Devin.

Devin retiró las manos. "No te voy a cortar. ¡De ninguna manera! Y será mejor que no manches de sangre mi asiento."

Sawyer volvió a enfocarse en su brazo y, después de

concentrarse durante varios segundos, clavó la punta en su piel y creó un pequeño pinchazo. Era tan pequeño que ni siquiera requeriría una curita.

Devin se echó a reír. "¿De Verdad? ¿Eso es lo mejor que puedes hacer?"

Sawyer no dijo nada y extendió el brazo. Devin tocó el brazo de su amigo. Ambos muchachos sintieron algo, y luego la pequeña incisión desapareció.

"¿Qué sentiste?" Dijo Devin.

"Sentí movimiento en la herida, la incisión se cerró. Al mismo tiempo, hubo un final inmediato para el dolor. Todo sucedió tan rápido."

Devin sonrió. "Tenía que suceder rápido. Ese corte fue tan pequeño que se habría curado por sí solo en otro minuto o dos."

"¿Qué sentiste?"

"Lo mismo de la vez pasada. Fue como si algo me hubiera dejado, pero fue reemplazado de inmediato. Aunque la lesión fue mucho más pequeña esta vez, se sintió exactamente igual. Fue una sensación cálida, si eso tiene sentido. Para nada desagradable. Si eso es todo, ¿podemos irnos ahora?"

"Probemos una cosa más primero. Prueba la curación."

"Realmente necesitas encontrar un término mejor. ¿Entonces quieres que te abra la piel?"

"Seguro. Sabemos que puedes hacerlo tú mismo. Veamos si puedes hacerlo con alguien más."

"Entonces, ¿dónde lo quieres? ¿En tu garganta?" Devin sonrió.

Sawyer sacudió la cabeza. "No, no lo creo. Mi brazo está bien." Le tendió el brazo a su amigo.

Devin se centró en la idea de abrir la piel y tocó el brazo de Sawyer. Al instante se abrió una herida masiva. Fue mucho más extenso de lo que cualquiera de los dos esperaba. Tenía más de cuatro pulgadas de largo y bastante profundo. Devin se tambaleó hacia atrás, golpeándose la cabeza contra la ventanilla del lado del conductor, y Sawyer gritó. Devin se recuperó rápidamente y agarró el brazo por el codo. El horrendo desastre de carne sangrante comenzó a cerrarse, y en segundos desapareció. Ambos muchachos respiraban con dificultad por la sorpresa de lo que sucedió.

"¿Querías decir que eso sucediera así?"

Devin miró a su amigo y sacudió la cabeza, todavía en estado de shock por lo que había hecho.

"Supongo que es bueno que te hayas alejado de la garganta. Mi cabeza podría haber sido cortada." Sawyer bromeó.

Devin no reaccionó al humor. "¿Podemos ponernos en marcha ahora?"

7

Devin condujo el Mustang por el camino que recientemente le quitaron la nieve y que conducía a la casa de dos pisos que pertenecía a Malcolm Daniels y su familia. Había otros siete autos estacionados en el camino de entrada, y los muchachos reconocieron que cuatro de ellos pertenecían a la familia de los Daniels. Devin estacionó y se dirigieron a la puerta. Sawyer llamó a la puerta y Scott Daniels, el padre de Malcolm, abrió. Antes de que se pudiera decir algo, el perro de Daniels, Spike, salió para ver quién estaba allí. Spike era un pitbull blanco y negro de diez años que pesaba cerca de cien libras. Cualquiera que no conociera a Spike podría estar nervioso, pero una vez que lo conoces, te das cuenta de que es una de las criaturas más adorables jamás creadas. Ambos muchachos conocían a Spike desde que era un cachorro y se inclinaron para intercambiar afecto con él. Era un cachorro y se inclinó para intercambiar afecto con él.

"Chicos, me alegro de que finalmente lo hayan logrado. Te hemos guardado comida."

"¡Gracias!" dijeron al unísono.

Cuando entraron en la casa, Scott dijo: "¿Era el clima? No te atascaste, ¿verdad? ¿Qué es ese olor?"

Entraron al comedor lleno de gente y sus cinco

mejores amigos, a quienes no habían visto en meses, los saludaron con fuertes gritos y olas.

"Me alegro de que finalmente lo hayas logrado."

"Devin, pensé que podías conducir en la nieve. ¿Qué pasó? Llegas casi una hora tarde."

"Dev, ¿qué pasó con tu cabello?"

Los comentarios alegres vinieron de muchos de los jóvenes, hasta que el olor que notó el padre de Malcolm golpeó a los demás.

"¡Oh rayos, muchachos! Huelen a basurero en llamas," dijo Malcolm. "¿Qué sucedió?"

El grupo se quedó en silencio. Los muchachos se dieron cuenta de que había algo más que una simple tardanza, y querían escuchar la historia.

Devin había estado pensando qué decirles, y decidió pasar por alto la mayoría de los detalles para no hacer un gran problema de la situación. Esperaba que Sawyer supiera acompañarlo.

"De vuelta en la calle 34, a una milla al sur de la escuela primaria, hubo un incendio en una casa. Intentamos ayudar a la señora antes de que llegara el departamento de bomberos. Terminamos en un montón de humo, y ahora todo está en nuestra ropa y cabello."

"Wow, ¿alguien resultó herido?" Scott preguntó.

Sawyer respondió, destruyendo el intento de Devin de mantener la emoción de la historia. "No. ¡Y solo porque Devin corrió hacia la casa en llamas y rescató a una niña! perdió su cabello y es un milagro que no se haya quemado." Le dio a Devin una sonrisa cómplice.

Devin sacudió la cabeza. "No fue una gran cosa. Cualquiera hubiera hecho lo mismo."

"Claro que suena como algo importante para mí," dijo Tony Jiffers, y todos los demás estuvieron de acuerdo.

"Parece que eres un héroe," dijo Don Swain.

"Realmente, muchachos, no fue gran cosa." Dijo

Devin mientras le daba a Sawyer una mirada que le decía que declinara la historia.

"Devin, lo siento hombre, pero apestas muy mal," dijo Malcolm. "Tú y yo siempre éramos de la misma talla."

Vamos arriba. Te duchas y te sacaré algo de ropa que te pueda prestar."

"Suena genial. Mejor aún habrá algo de comida aquí cuando regrese."

Mientras subían las escaleras, Devin dijo: "¿Dónde está Tracie hoy?"

Tracie era la hermana de Malcolm. Era dos años más joven que los otros chicos, pero igual se juntaba con ellos.

"Ella tuvo que sacarse las muelas del juicio ayer. Tiene mucho dolor y se negó a tomar los analgésicos. Después de estar despierta toda la noche sufriendo, mamá la obligó a tomar las píldoras hace unas horas. Finalmente está dormida."

Entraron en la habitación de Malcolm y encontró una camiseta y un par de jeans.

"También puedo darte algunos calcetines y ropa interior, si quieres. No los querré de vuelta."

"Gracias, pero me las arreglaré con lo que tengo. ¿Puedo conseguir una bolsa para poner esta ropa vieja?"

Devin fue a darse una ducha y Malcolm le encontró una vieja bolsa de plástico del supermercado. Devin entró en la ducha y quedó impresionado de cómo se intensificó el olor del humo cuando comenzó a lavarse. Se frotó el cuerpo varias veces y luego lavó los restos destrozados de su cabello, dos veces.

Mientras se duchaba, pensó en las implicaciones de los acontecimientos de la mañana. Ahora tenía una habilidad con la que podía hacer algo positivo. Consideró entrar en algún tipo de ministerio para ayudar a las personas. Dios le había dado este regalo, y podría haber una oportunidad de usarlo para servir.

Devin salió de la ducha y se secó con una toalla que Malcolm le había dado, y volvió a vestirse. Salió del baño llevando la bolsa con su ropa vieja. Cuando comenzaba a bajar por el pasillo a la sala, se detuvo en la puerta cerrada de la habitación de Tracie. Después de detenerse por un segundo, silenciosamente abrió la puerta. Entró en la habitación y se acercó a la silueta acostada en la cama. Las cortinas estaban cerradas, pero aún había suficiente luz para ver los moretones y la hinchazón que quedaban de la extracción de las muelas del juicio. Se agachó y tocó el antebrazo expuesto de su amiga. Sintió como si algo lo dejara, pero fue reemplazado de inmediato. La hinchazón se estaba reduciendo y los hematomas se desvanecieron.

Devin se devolvió rápidamente y salió de la habitación. Le preocupaba que alguien lo encontrara en la habitación de su amiga y no entendiera su razón para estar aquí. Después de bajar las escaleras, fue recibido por la madre de Malcolm, quien levantó un par de corta pelos eléctricos.

"Hola, Devin. Escuché que tuviste algo de emoción esta mañana."

"Sí, ha sido un día loco, y ni siquiera he desayunado."

Oyó que se abría una puerta arriba.

"Ve a comer, y luego hare que el desastre en tu cabeza sea un poco más presentable."

"Gracias. Eso suena bien."

Devin continuó hacia la cocina y escuchó una alegre voz femenina desde el piso de arriba que gritaba: "¡Hola, mamá! ¿Adivina qué?"

8

G reen Street Pizza era un lugar popular entre los estudiantes universitarios. Los precios eran razonables y estaba a una corta distancia a pie del campus. El propietario decoró el restaurante con recuerdos de la universidad, lo que creó un ambiente agradable.

Las vacaciones de Navidad acababan de terminar y los estudiantes volvían a las rutinas. Todos tenían nuevos horarios de clase y tuvieron que modificar sus vidas sociales en consecuencia. Por lo tanto, esta fue la primera vez que

Britany Murray y su novio, Devin Baker, habían disfrutado un tiempo juntos desde antes de las vacaciones. Cuando llegaron a cenar, el restaurante estaba muy concurrido, como siempre. Encontraron amigos mutuos en una mesa y acomodaron dos sillas adicionales para unirse a ellos. Se rieron y bromearon por un rato, pero luego los demás se fueron, dejando a la pareja sola.

Su conversación había sido incómoda, y ninguno de los dos dijo mucho. Se habían recordado de lo que sucedió durante las vacaciones y de cómo sus familias lo habían disfrutado, pero ambos estaban un poco callados, distraídos con sus pensamientos. La mejor parte de la conversación había sido la historia aguada sobre el incendio de la casa que Devin había compartido.

La pizza mediana de pepperoni y salchichas, la favorita de la pareja, estaba colocada entre ellos a medio comer. Cada uno de ellos quería mencionar algo que debían discutir, pero ninguno se sentía cómodo al hacerlo en un entorno público.

"¿Está todo bien?" Dijo Britany. "Estás muy tranquilo esta noche."

"Sí, estoy un poco cansado. Todavía me estoy acostumbrando al nuevo horario."

Ella asintió. "Yo también estoy cansada. Creo que regresaré a mi departamento y me acostaré temprano."

"Bueno. Regresaré al dormitorio y te enviaré un mensaje de texto más tarde."

Britany se levantó y Devin le dio un abrazo y un beso de despedida. Nuevamente notó que ella no parecía ser ella misma.

Se dirigió hacia la puerta, irritada consigo misma. Ella caminó hacia su auto y presionó el botón para abrir la puerta. Luego se subió y arrancó el motor.

"¡Agh!" Gritó mientras golpeaba el volante, a pesar de que no había nadie para escucharla.

Tenía la intención de contarle a Devin sobre un detalle adicional de las vacaciones de Navidad, pero se había acobardado. Incluso había memorizado y practicado lo que quería decir. Ahora ocuparía sus pensamientos hasta que finalmente lo hiciera.

Durante toda la escuela secundaria, tuvo un novio llamado Trevor. Eran inseparables e incluso habían planeado ir a la misma universidad. Desafortunadamente, Trevor fue aceptado en la Universidad de West Coast, a la que ambos habían solicitado, pero Britany había sido rechazada. Cuando quedó claro que estarían en escuelas en lados opuestos del país, decidieron separarse.

Durante las vacaciones, Trevor pasó por la casa de sus padres. Había decidido trasladarse a una escuela que era fácil de manejar desde la escuela de Britany. Ambos estaban ansiosos por reanudar su relación donde la habían dejado. Pero había un detalle con el que Britany tenía que lidiar: Devin. Era dulce y disfrutaban de su tiempo junto, pero lo que tenían no era nada comparado con lo que ella y Trevor habían compartido. Ella sabía que esto sorprendería a Devin y lo lastimaría. Ella no quería eso, pero estaba con Trevor nuevamente.

Se retiró del lugar de estacionamiento y se dirigió a la calle del Mercado, su frustración todavía la agitaba y la distraía. Ni siquiera a un cuarto de milla de la pizzería, no pudo detenerse en la luz roja en La Calle Diamante y se cruzó en el camino de un camión de reparto. El conductor apenas alcanzó el pedal del freno antes de que su camión chocara con la puerta del lado del conductor de Britany a ochenta kilómetros por hora. La fuerza del impacto hizo que su cabeza golpeara la ventana lateral, rompiendo el cristal violentamente. El gran parachoques del camión aplastó el costado del automóvil, obligando a la puerta a entrar por más de un pie en el espacio del conductor. Este metal destruido colisionó con el lado izquierdo de su tórax, cadera y pierna con resultados devastadores.

9

Devin vio a su novia irse y también estaba frustrado. Había planeado tener una conversación seria con ella, pero necesitaba tenerla sola. Estaba preocupado por lo que sucedería cuando compartiera su secreto con ella. Sin embargo, sabía que se estaban acercando cada vez más y que podía confiar en ella. También había comenzado a pensar en proponerle matrimonio en la graduación en poco más de un año.

El último día de las vacaciones de Navidad, le había dicho a Sawyer que estaba pensando en dejar que Britany conozca el secreto. Sawyer solo había conocido a Britany una vez y le pareció agradable. Había dicho que dependía de Devin, pero cuanta más gente supiera, mayores eran las posibilidades de que se filtrara la historia de su don de curación.

Devin estuvo de acuerdo en que quería limitar el número de personas que supieran. Actualmente solo había tres, ahora que se lo había dicho a sus padres. La noche anterior, había demostrado lo que podía hacer. Estaban conmocionados y tenían muchas preguntas, que él respondió pacientemente lo mejor que pudo. Afortunadamente vieron la sabiduría en mantenerlo en secreto por ahora.

Devin todavía quería agregar una persona más al secreto. Por maravillosa que fuera la relación entre él y Britany, eso no continuaría si hubiera secretos entre ellos. Incluso decidió cómo le diría. Le daría una breve descripción y luego se la demostraría a ella, de la misma manera que le demostró su habilidad con Sawyer.

Pero esta noche no se sintió bien para esa conversación. Necesitaban estar solos para una conversación como esa, no en un lugar público. Devin solo quería decirle y ya no tener ese secreto entre ellos.

Después de ponerse la chaqueta y tirar los desechos de sus bandejas a la basura, Devin se dirigió hacia la puerta y la vio salir del estacionamiento. Mientras comenzaba a caminar, se puso una gorra tipo calcetín en la cabeza para protegerlo del amargo aire invernal, hubo un horrible sonido de choque. Provenía de la dirección que Britany acababa de ir. Momentos después, escuchó a alguien gritar y corrió hacia el choque. Se preguntó si el grito había venido de Britany. ¿Había presenciado una colisión? Mientras corría, su mente saltó a otra posibilidad: tal vez Britany había estado involucrado en el accidente.

Le tomó menos de dos minutos correr el cuarto de milla, y cuando se acercó supo que sus últimos pensamientos eran correctos. Un camión humeante y un automóvil familiar se cruzaron en la intersección, aplastados. Todavía había una radio encendida y se escuchaba música proveniente del camión. Hubo varios espectadores, la mayoría hablando por teléfono celular, y uno tomando fotos

Cuando Devin se acercó, escuchó a un hombre en la multitud decir por teléfono: "Estaba respirando cuando llegué aquí por primera vez, pero ya no está."

Devin corrió hacia la puerta abierta del pasajero y entró. Estaba oscureciendo, pero había suficiente luz proveniente del faro restante del camión para que él pudiera ver que el trauma fue extenso. Él la agarró del brazo derecho por la muñeca esperó, pero no sintió que sucediera nada. Devin soltó su brazo y luego lo agarró de nuevo. Aun así, no pasó nada. Finalmente, tomó sus dedos y busco el pulso en su cuello. No había nada allí.

El horror se estrelló en sus entrañas. *Llegó demasiado tarde Si hubiera llegado aquí más rápido, podría haberla salvado.*

Devin tenía la capacidad de salvar muchas vidas, pero a la única persona que más le importaba, no podía hacer nada. Salió del auto y se sentó en la acera, sollozando con fuerza.

Unos meses más tarde, al final de su tercer año, Devin se retiró de la escuela. Estaba perdiendo el tiempo. Necesitaba descubrir qué podía hacer este regalo suyo.

10

AÑO 2020

Era una soleada mañana de verano cuando el Ford Mustang azul oscuro '79 salió de la entrada. Devin había estado pensando cada vez más sobre cómo podría usar su habilidad y cómo mantener el control de quién supiera sobre eso. Quería entrar en una sala de emergencias ocupada y comenzar a tocar a las personas heridas, pero la seguridad en una sala de emergencias y la cantidad de testigos potenciales hicieron que ese enfoque fuera menos práctico.

Devin había estado entusiasmado con la posibilidad de usar su don como ministerio. Pero la muerte de Brittany lo hizo preguntarse si esa era la dirección que quería seguir. La idea de la curación física y espiritual había funcionado bien en su plan, pero ahora se sintió descarrilado por la tragedia y pensó que era necesaria una reevaluación. De lo único que estaba seguro Devin era que hasta que entendiera el alcance de sus habilidades, no se podrían hacer planes reales, y estaba frustrado porque no estaba seguro de cómo comenzar.

La semana pasada, Sawyer lo ayudó a diseñar un volante de media página. Se leía, *Dios me dio la capacidad de curarte. Todo lo que quiere es que lo conozcas.* Debajo de esas palabras había tres versículos de las Escrituras. No estaba satisfecho con eso, pero asumió que con el tiempo podría mejorarlo.

Devin estacionó su automóvil en el estacionamiento principal de visitantes del Hospital Regional del Nordeste. Salió del auto, se ajustó la corbata y se apresuró a cruzar la calle. Sawyer había sugerido que vestirse más elegantemente podría hacerlo parecer un poco más oficial y menos propenso a ser desafiado cuando se moviera por el hospital. A Devin no le importaba usar la corbata, pero había rechazado el abrigo del traje porque se sentía demasiado cargado.

El sueño había sido esquivo la noche anterior. Se había acostado allí pensando en cómo iba a abordar esta visita al hospital. Parecía que iba a ser imposible avanzar y mantener el control de quién supiera sobre su habilidad. Finalmente, decidió tratar de mantener su secreto un poco más. Esperaba ser escoltado fuera del hospital por la seguridad hoy, pero esperaba interactuar con al menos media docena de pacientes antes de que eso ocurriera.

Devin atravesó la entrada y pasó al guardia de seguridad. Continuó sin mirar al guardia, su ritmo cardíaco aumentó. Debido a que el vestíbulo estaba derribado para remodelarlo, tuvo que caminar sobre láminas de madera contrachapada. Había láminas gigantes de plástico que bloqueaban partes de la gran sala, y el olor a pintura era prominente. Devin mantuvo los ojos al frente y siguió caminando. Pensó que si parecía que sabía a dónde se dirigía, llamaría menos la atención. El ascensor estaba más adelante a la izquierda. Cuando finalmente llegó a la cabina, nadie le había echado una segunda mirada. Presionó el botón del tercer piso, y antes de que se cerraran las puertas, entraron otras dos personas. El primero era un hombre de unos cincuenta años, vestido con una camiseta desteñida y jeans rasgados. La segunda era una mujer bajita de unos treinta años. Tenía rasgos hispanos y vestía un uniforme verde y una bata de laboratorio con un estetoscopio colgando de un bolsillo. Tenía un bolso sobre el hombro y su brazo izquierdo estaba vendado.

El hombre presionó el botón del elevador marcado con el 5. La mujer solo miró los botones y no hizo nada, claramente satisfecha con uno de los dos pisos ya seleccionados. El ascensor se detuvo en el tercer piso, que era para pacientes que se estaban recuperando de una cirugía. Había varias unidades diferentes aquí, por lo que habría una gran variedad de problemas de salud que Devin podría enfrentar.

Salió del ascensor, seguido por la mujer, y se detuvo para mirar un directorio electrónico montado en la pared, mostrando las diferentes unidades en este piso. A3 estaba a la izquierda y parecía ser un buen lugar para comenzar. Se dirigió en esa dirección, ahora siguiendo a la mujer con la venda. Devin desaceleró su ritmo para acercase demasiado mientras él intentaba determinar qué paciente visitar primero. Pasó por las grandes puertas abiertas y pudo ver que había unas veinte o más habitaciones para pacientes, con una estación de enfermeras en el centro. Mirando hacia la primera habitación a la que llegó, vio que había un montón de gente adentro. Varios miembros del personal del hospital y algunos visitantes, todos en conversación. Ese era precisamente el tipo de habitación que quería evitar.

Devin miró hacia la habitación contigua y se decepcionó al ver que estaba vacía. Había solo unas pocas opciones más cerca, luego había algunas habitaciones para pacientes directamente frente a la estación de enfermería. De nuevo, un lugar que quería evitar. Por tercera vez esta mañana, consideró darse la vuelta y volver a casa. Se estaba poniendo cada vez más nervioso.

Un paciente ocupaba la tercera habitación y no había visitantes. Entró, tratando de parecer que el pertenecía al lugar Un hombre afroamericano de mediana edad estaba descansando, reclinado en la cama.

Había un poste intravenoso al lado de la cabecera de la cama, con varias bolsas llenas de líquido de diferentes tamaños que colgaban de él. Al lado de la cama había una bandeja con una taza de hielo, un teléfono celular y una revista, todo al alcance de la mano del paciente. El paciente estaba despierto pero parecía sedado. No se centró en Devin mientras entraba.

"Buenos días," dijo Devin. "Me detengo para ver cómo te va y para dejarte algo para leer."

"Gracias. Lo miraré cuando esté un poco más despierto."

"¿Te importa si te pregunto qué te trajo aquí?"

"Mi apéndice. Esperé demasiado para entrar y se rompió. Supongo que si hubiera venido antes habría sido un par de pequeñas incisiones. En cambio, como se rompió, tuvieron que cortarme de par en par."

Devin se acercó a la cama. "OKAY. Descansa un poco."

Tocó el brazo del hombre y sintió una sensación familiar. Algo lo abandonó y fue reemplazado instantáneamente.

"¿Qué sucedió?" preguntó el hombre. "De repente me siento mucho mejor."

Devin se dio cuenta de que todavía estaba letárgico por los efectos persistentes de la anestesia y los medicamentos para el dolor.

"Descansa un poco, y si aún tienes curiosidad más tarde, lee el periódico que dejé. Solo te pido que por favor no le digas a nadie que estuve aquí, por un tiempo."

Se dio la vuelta y salió, sonriendo ante la confusión en la cara del hombre.

Devin decidió que sería mejor alejarse del sitio de su primera curación. Se trasladó a la siguiente sala, que estaba marcada con B3. Esta área tenía una configuración similar. Era una forma de U alargada, con la estación de enfermeras en el medio. Cuando se acercaba a la primera habitación, salieron una enfermera y un visitante. Ella le estaba dando instrucciones para llegar a la cafetería cuando pasaron junto a Devin, quien rápidamente entró en la habitación. En la cama había una mujer de unos treinta años. Su pierna y brazo izquierdos estaban inmovilizados y empacados en bolsas de hielo. Estaba sentada y manipulando un control remoto de TV en su mano derecha.

"Hola, solo estoy volviendo para dejar algunos documentos," dijo Devin.

"Está bien, solo déjalo y lo veré más tarde."

"¿Puedo preguntar qué pasó?"

"Estaba en mi motocicleta y un auto retrocedió para salir al camino, justamente golpeándome."

"Oh no. Parece que lo tienes bastante mal." Devin se acercó a la cama.

"Sí, lo tengo. Mi estúpida pierna se rompió en tres lugares y el brazo en dos. Hicieron una cirugía en la pierna y otra en el brazo. Habrá al menos que hacer dos más en cada una, al momento que disminuya la hinchazón. Terminaré con muchos pasadores, placas y tornillos."

"Quizás eso no sea del todo necesario." Devin dio un paso final más cerca y agarró el brazo ileso de la mujer.

"¿Qué estás...?" Todo su dolor terminó, y sintió movimiento dentro de sus extremidades lesionadas.

Devin soltó a la mujer y sonrió. "¿Cómo se siente?"

"¿Qué me has hecho?"

"Mira tú brazo malo. ¿Cómo parece estar?"

Extendió la mano y sacó las bolsas de hielo, y lo descubrió tanto como pudo. Algunos de los moretones todavía estaban allí, pero fue mucho mejor, y la hinchazón había disminuido considerablemente. Lo más notable fue que el brazo estaba recto, ya no estaba doblado ni roto.

"Intenta moverlo un poco," dijo Devin.

La mujer le dirigió a Devin una mirada inquisitiva, luego lentamente cerró el puño y luego lo abrió y luego volvió a cerrarlo más rápidamente. Ella comenzó a mover la muñeca, sin sentir dolor. Apartó la vista del brazo curado y miró al joven que acababa de aparecer en su habitación.

"¿La pierna también está mejor?"

"Si. No habrá más pernos y tornillos."

"¿Cómo hiciste eso?"

"Dios me dio un regalo: la capacidad de ayudar a otros. Por favor lea la hoja que traje. Además, el hospital probablemente me echará de aquí cuando se den cuenta de lo que estoy haciendo. Por favor, no digas nada por un momento. Quiero ayudar a algunas personas más."

Cuando Devin salió de la habitación, escuchó un sincero "Gracias," que lo llamó.

Se dirigió hacia el otro lado de la unidad para buscar su próximo objetivo, sin darse cuenta de que ya había atraído la atención.

11

La Dra. Robyn Keller estaba de un humor terrible. El dolor punzante en su muñeca izquierda parecía empeorar. Tal vez había sido un error intentar volver a trabajar hoy. Anoche había dejado de tomar su analgésico, sabiendo que no podría regresar si todavía estaba tomando.

Hace dos días, había estado corriendo por el sendero alrededor del lago después de salir del hospital por la noche. El clima había sido perfecto y su mente todavía estaba en el trabajo. Trotaba a menudo por este sendero y conocía cada giro y vuelta por completo. Como siempre, ella tenía sus audífonos puestos y estaba escuchando su lista de reproducción favorita para correr. Estaba llegando a una curva cerrada en el camino y al mismo tiempo estaba agregando poder a su carrera a medida que aumentaba la inclinación. De repente, su pie derecho se deslizó por debajo de ella y perdió el equilibrio. Se cayó y golpeó el suelo con el brazo izquierdo frente a ella. El dolor explotó en su muñeca. Ella rodó sobre su espalda, gritando.

Después de componerse, se incorporó lentamente, preguntándose qué había causado su caída. Fue entonces cuando llegó el olor. Miró hacia atrás por el sendero, hacia el asqueroso desastre en la parte inferior de su zapatilla deportiva. Robyn sintió rabia cuando se dio cuenta de que era víctima de un dueño de perro irresponsable que no pudo limpiar lo que dejó su mascota.

Luchó por ponerse de pie y comenzó la caminata de una milla de regreso a su auto, la hinchazón en su muñeca aumentaba constantemente. Las lágrimas corrían por sus mejillas, y pensó en el daño que podía haber y cuánto tiempo le tomaría recuperarse por completo. Como residente quirúrgico, el uso de ambas manos era obligatorio. Una lesión como esta pudiera dañar significativamente su carrera.

Esa noche, los rayos X mostraron que nada se había roto. Fue un fuerte esguince y debería sanar sin cirugía. Le recetaron medicamentos para el dolor y le dijeron que lo mantuviera helado durante veinticuatro horas, lo cual había hecho. Sin embargo, necesitaba regresar al trabajo, incluso si no pudiera obtener tiempo para la sala de operaciones. Estaría atrapada en el seguimiento de pacientes en los que otros cirujanos habían trabajado, y eso la irritó un poco más.

Entonces, cuando estaba entrando en el estacionamiento del personal, en un lugar reservado para los médicos, estaba nuevamente agradecida de que fuera su muñeca izquierda. Si hubiera sido el derecho, conducir sería mucho más difícil. Después de estacionar, metió la mano en la parte trasera del auto, tomó su cartera y se la echó al hombro. Se colocó su identificación y entró al edificio a través de la entrada de personal. Después de pasar por un largo pasillo, atravesó la puerta del vestuario designado para mujeres médicas y fue al casillero 39. Abrió la puerta y colocó su pequeño bolso dentro, que contenía su billetera y las llaves del auto. Sacó su bata blanca de laboratorio y se aseguró de que su estetoscopio estuviera en el bolsillo delantero izquierdo de la bata de laboratorio donde pertenecía. Luego lo pensó mejor y lo movió a la derecha donde sería más accesible. Quitó cuidadosamente el sostenedor del brazo y colocó lentamente el brazo lesionado, en su inmovilizador, a través de la manga de la camisa.

Mientras luchaba con la bata de laboratorio, la puerta del vestuario se abrió y entró Danyle "Danny" Klock. Ella era otra residente quirúrgica. Robyn y Danny eran amigas que ocasionalmente se juntaban fuera del hospital.

"¿Qué demonios hiciste?" Danny preguntó mientras abría su casillero, que estaba cuatro casillas más abajo del de Robyn. "Escuché ayer que estuviste fuera de la rotación quirúrgica por un tiempo. No nos dijeron el por qué."

"Me caí mientras corría y tuve un esguince desagradable. No pienses que necesitaré cirugía."

No necesitaba ser conocida como la cirujana que se torció la muñeca al caerse por la caca de perro, por lo que omitió esos detalles.

"Eso apesta. Espero que no te cause demasiados problemas con tus rotaciones. Ya me han asignado varios de tus casos."

"Sí, esa es mi preocupación. No estoy segura de cuánto tiempo estaré fuera del quirófano, o qué hará esto en mi agenda."

"Si no recuerdo mal, te advertí sobre los peligros de correr."

"Sí, sabía que ibas a mencionar eso." Robyn terminó de ponerse la bata de laboratorio y se volvió a colocar el sostenedor del brazo.

"Hazme saber si necesitas algo. Necesito llegar a las dos. Tengo una colecistectomía programada en cuarenta y cinco minutos. Te escribiré luego." Danny agarró su bolso y salió por la puerta.

Robyn cerró su casillero, cargó torpemente su bolso y se fue un par de minutos después. Entró en el vestíbulo principal y fue al banco de ascensores que la llevaría a las unidades posquirúrgicas. Mientras se acercaba, el elevador se abrió y siguió a dos hombres que esperaban entrar a la cabina. Uno llevaba una camiseta y jeans rotos. El otro era joven y bien vestido. Incluso llevaba una corbata. Al principio pensó que probablemente era clérigo, pero luego notó que no llevaba el cordón púrpura que designaba ese papel.

Miró los botones del ascensor y vio que su piso ya estaba iluminado. Cuando se abrieron las puertas, el hombre mejor vestido de los dos salió delante de ella y se detuvo para mirar la pantalla que mostraba un mapa del piso. Cuando estaba a punto de ofrecerle indicaciones, parecía que él había descubierto adónde ir y comenzó a caminar. Ella continuó su camino, ahora delante de él. Ella sabía que la seguía, claramente se dirigió a ver a alguien en A3. Se movió detrás del escritorio en la estación de enfermeras y colocó su bolso en una silla disponible.

"Doctor Robyn, ¿qué hizo?" preguntó Sherry Taft, la asistente administrativa asignada a esta unidad.

Era una mujer afroamericana grande y agradable. Siempre fue amigable y no se sintió intimidada por la diferencia que tenía con los médicos en la escala corporativa.

Las palabras de Sherry fueron lo suficientemente fuertes como para que varias enfermeras y otro médico escucharan, y todos vinieron a averiguar qué había sucedido. Robyn hizo una pausa para que se reunieran, y luego les contó a todos sus compañeros de trabajo la misma historia modificada que le había contado a Danny en el vestuario. Todos fueron comprensivos y solidarios, y Robyn se alegró de darles la noticia. Cuanto antes todos lo supieran, antes podría dejar de explicarlo. Después de una pequeña charla adicional, agarró la tabla de Wayne DeVaul. Él era uno de sus casos quirúrgicos y debería irse a casa pronto. El Sr. DeVaul había ingresado con un tumor canceroso en su riñón derecho, y Robyn había estado en el equipo quirúrgico involucrado en la extracción.

Después de tomar la tabla, cruzó el pasillo y caminó dos habitaciones hasta donde estaba su paciente. Fue entonces cuando se dio cuenta del chico del ascensor. Estaba saliendo de la habitación de un paciente. Quizás era clérigo, después de todo.

Wayne DeVaul estaba sentado en la cama, con su esposa en la silla junto a él.

"Wayne, ¿cómo te sientes hoy?" Dijo Robyn.

"Mucho mejor. Me dicen que debería poder irme a casa esta noche."

"Ese es el plan. Solo voy a verificar algunas cosas para asegurarme de que todo se vea bien."

Colocó a su paciente enrollado sobre su costado, y presionaba su abdomen y su costado justo por encima de la cadera. Estaba contenta de que no era doloroso. Luego examinó la incisión quirúrgica y vio que parecía curarse bien sin signos de infección. El examen fue un proceso simple que había estado haciendo durante años, pero ahora era bastante incómodo con solo una mano. Bajó la bata del paciente y dio un paso atrás.

"Puedes retroceder ahora. La incisión está sanando bien. El laboratorio extrajo un poco de sangre esta mañana. Si eso también se ve bien, no veo ninguna razón por la que no puedas volver a casa más tarde hoy."

"Eso es genial," dijo su esposa. "No ha dormido mucho aquí. Estoy segura de que descansará mejor en casa."

Robyn asintió con la cabeza. "Esa es una de las razones por las que queremos que las personas sean dadas de alta tan pronto como sea médicamente apropiado, y hoy se ve como su día."

Cuando se volvió para salir de la habitación, Wayne dijo: "Espero que no te duela demasiado el brazo."

Robyn se dio cuenta de que estaría contando la

historia una y otra vez. "Es solo un esguince simple. Podré volver a usarlo en una o dos semanas."

"Oh Dios. Me alegro de que no haya nada peor que eso," dijo la esposa.

Después de salir de la habitación del paciente, Robyn regresó a la estación de enfermería, donde se sentó en el escritorio, tomó algunas notas en la tabla del paciente e ingresó torpemente las instrucciones en la computadora con una mano. En menos de diez minutos había terminado. Revisó la computadora y vio que su próximo paciente estaba en la habitación B3. Se echó su bolso al hombro y caminó por el pasillo hacia su próximo paciente.

Al acercarse a la estación de enfermeras para esta unidad, vio al mismo joven bien vestido saliendo de la habitación de otro paciente. Se dirigió por el pasillo, más profundo en la unidad. Robyn fue a la estación de enfermeras y depositó su bolso. Estaba a punto de alcanzar la ficha de su paciente cuando recordó algo que había aprendido en un servicio reciente. *Si alguien se comporta lo suficientemente extraño como para que lo note, debe informarse.*

Este tipo no se estaba comportando de manera extraña... o tal vez sí. No creía que fuera necesario informarlo, pero sentía que necesitaba investigar esto ella misma. Probablemente no sería nada, pero ¿y si fuera algo nefasto y ella no dijera ni hiciera nada? Ignorando la tabla, Robyn siguió el camino que él había tomado por el pasillo. Ella se asomó a tres habitaciones y él no estaba allí.

Comenzó a entrar en la cuarta habitación cuando escuchó una voz que decía: "Por favor, no le digas a nadie que estuve aquí. Quiero parar y ver a más pacientes antes de que me echen."

Cuando Robyn escuchó esto, todas las piezas encajaron en su lugar. ¡Este tipo estaba aquí predicando a extraños o tratando de venderles! Entró en la habitación y vio al joven con corbata sosteniendo un folleto y animando al paciente a leerlo.

"¿Qué estás haciendo aquí? No puede molestar a los pacientes en sus propias habitaciones. Es necesario que vengas conmigo. ¡Necesitas tener una conversación con la seguridad del hospital!" Robyn podía sentir el latido en su muñeca aumentando.

"Doctora, no lo comprende," dijo la mujer acostada en la cama. "Mire aquí."

Robyn miró hacia donde apuntaba el paciente. Su pierna izquierda estaba expuesta. Robyn estaba a punto de preguntar por qué estaba mirando la pierna, cuando notó que había grandes almohadillas ensangrentadas junto a la parte superior del muslo.

"¿Qué estoy mirando?"

"Me atropelló un coche. Tuve el síndrome compartimental. Tuvieron que cortar toda la parte superior de la pierna para que no perdiera circulación. Esperaban a que bajara la hinchazón para cerrarla y reparar la rodilla."

El paciente levantó la pierna y la giró varias veces. Se veía saludable y respondía normalmente.

"¿Cuándo fue esto?" Robyn preguntó.

"Anoche."

"Eso no es posible."

"Lo sé. Pero él me tocó y se cerró, y el dolor se fue. También tenía una cicatriz de quemadura aquí en mi brazo. Era de cuando era niño. También se ha ido."

Ella expuso su brazo. No había nada allí.

Robyn se movió hacia el otro lado de la cama para mirar mejor la pierna y las almohadillas con sangre debajo de ella. El intruso la siguió, pero Robyn se detuvo y giró hacia él.

Levantó la mano en una señal clara para dejar de moverse, le ordenó: "Quieto allí. No debes tocar a ningún paciente."

El terminó el último paso que estaba dando y agarró

la mano extendida de la doctora. Ella trató de alejarlo, pero su agarre era fuerte. Él la sujetó solo por un segundo o dos y luego la soltó.

El joven le sonrió. "Dra. Keller, estaré en el pasillo cuando esté lista para hablar." Se giró y salió de la habitación.

Robyn estaba confundida. Algo había sucedido, pero no estaba segura de qué. Y luego de golpe se dió cuenta: el latido constante desapareció. Miró su muñeca y luego al paciente.

La expresión de confusión en su rostro debió haber sido evidente. El paciente la miró, sonrió y dijo. "Tu brazo dejó de doler, ¿no? Sé que es imposible, pero él también me lo hizo a mí."

Robyn cuidadosamente movió su muñeca, poco a poco. Ella desenganchó el sujetador del brazo y sacó el inmovilizador. La hinchazón había desaparecido. Ella comenzó a flexionar su mano un poco más, y luego la giró hacia la izquierda y luego hacia la derecha. El dolor no volvió. Se acercó a la bandeja que estaba en la mesa, recogió el folleto y lo hojeó antes de volver a dejarlo.

"¿Estas bien?" le preguntó al paciente, con voz temblorosa.

"Mejor que nunca."

"Está bien, haré que alguien entre y te controle." Robyn salió de la habitación.

El paciente, de hecho, nunca había estado mejor. Ella trabajaba para una estación de noticias de televisión, y muchos de sus colegas ya la habían visitado y podían dar testimonio de sus heridas. Esta historia sería enorme, y ella estaría en medio de ella.

12

Devin estaba parado en el pasillo, esperando que la mujer cuya bata de laboratorio se leía al Dra. R. Keller, saliera de la habitación del paciente. Le sudaban las manos. Sabía que todo saldría finalmente, y parecía que ahora era el momento. Pensó en cómo necesitaba ser audaz y confiado, pero no estaba seguro de poder lograrlo.

Después de casi un minuto completo, La Dra. salió de la habitación, llevando su sostenedor del brazo e inmovilizador de muñeca. La confianza que tenía cuando entró por primera vez en la habitación había desaparecido. Estaba visiblemente confundida y parecía aprensiva.

"¿Cuál es tu nombre?" Preguntó la doctora Keller.

"Devin Baker."

"Devin, ¿qué hiciste allí?"

Devin sonrió. "Puedes sentirlo y verlo por ti misma. Te he sanado."

"¿Cuántos pacientes has tocado?"

"Cuatro. Mas tú."

"¿Cómo hiciste esto?"

"Realmente no lo sé. Todo lo que hago es tocar a las personas, y están curadas. Ahora eso es todo lo que tengo que decir. Quiero discutir esto con quien esté a cargo."

Robyn asintió, pensando en la solicitud. Ella no estaba llevando a un niño al liderazgo del hospital con la afirmación salvaje de que podía curar con un toque, incluso si su muñeca parecía estar bien ahora. Además, teniendo en cuenta lo que había presenciado, no podía hacer que la seguridad lo escoltara fuera de las instalaciones.

"Antes de llevarte a cualquier parte, necesito ver esto por mí misma. No me voy a volver loca con una historia escandalosa sobre algo que ni siquiera he visto."

Devin asintió con la cabeza. "Entiendo. Todo es bastante extraño. Incluso todavía no me siento cómodo con todo esto. Sígueme."

Mientras caminaban por el pasillo, Robyn se sintió irritada porque este tipo había tomado el control de la conversación.

Devin la condujo a una habitación vacía para pacientes.

"No hay nadie en esta habitación," dijo.

"Lo sé. Déjame ver tu mano."

"¿Por qué?"

"Si quieres pruebas, muéstrame tu mano."

Ella hizo lo que él le había pedido. Devin tomó su muñeca con su mano derecha y la giró para que la palma mirara hacia arriba. Tomó su dedo índice izquierdo y tocó su palma. Al mismo tiempo, él apretó su agarre con la mano derecha lo suficiente para que ella no pudiera mover su brazo. Una incisión de aproximadamente una pulgada y media de largo se abrió en su palma, y ella trató de alejarse.

"Solo mira," ordenó Devin.

Ella dejó de resistirse y miró con los ojos muy abiertos cuando la abertura en la carne comenzó a desaparecer. Devin soltó su agarre. Robyn echó la mano hacia atrás con sorpresa y examinó el lugar donde hace unos momentos la piel se había abierto.

"¿Convencida?"

Ella asintió. "¿Cómo hiciste eso?"

"Honestamente, no tengo idea. Ojalá supiera."

Después de una breve pausa, Robyn salió de la habitación. "Sígueme."

Regresaron hacia los ascensores y escucharon un poco de conmoción cerca de la estación de enfermeras. No podían entender todo lo que escuchaban, pero se trataba de un paciente específico y captaron las palabras milagrosamente curadas. Al escuchar esto, Devin sonrió. Robyn no lo hizo.

Mientras el ascensor se movía, Devin pensó en esta situación no planificada. Solo tenía la intención de curar a un par de personas e irse, pero ahora tenía que improvisar. Se había desarrollado una oportunidad, y decidió intentar hacer algo al respecto. Sabía que esto tendría que suceder en algún momento, pero su plan había sido que las cosas se movieran un poco más despacio.

"Devin, ¿por qué estás aquí? ¿Estás tratando de curar a algunas personas o hay algo más en esto?"

"Todo esto de la curación es nuevo para mí. Estoy tratando de entenderlo."

Cuando se abrieron las puertas, la Dra. Keller miró a Devin. "No voy arruinar mi status en este hospital. Quédate callado y déjame hablar primero.

"No hay problema. No quiero causarte ningún inconveniente."

Miró al hombre que le había curado la muñeca y pensó que ya era demasiado tarde para eso. Habría muchas conversaciones sobre lo que había hecho hoy aquí, y ella había tropezado en medio de todo. Luego consideró su muñeca y los inconvenientes que Devin la había salvado, y sintió que su frustración con la situación disminuía.

Entraron en la gran área de oficinas del Director del Hospital, Dr. Stephen Collins. Su asistente administrativa no estaba en su escritorio, así que Robyn entró en la oficina del director.

Miró a Devin y dijo: "Espera aquí." Luego le cerró la puerta en su cara.

Devin se sorprendió inicialmente, pero luego comenzó a entender. Estaba atrapada en una posición incómoda y necesitaba protegerse. Presentarlo al hombre que probablemente era el jefe de su jefe, el jefe del jefe podría ser un riesgo significativo para ella profesionalmente si resultaba que Devin no era tan especial como ella pensaba. Se aseguraría de no decir nada que pudiera causarle vergüenza.

Después de solo un par de minutos, la puerta se abrió y Robyn le indicó que entrara. "Devin, este es el doctor Collins. Querías hablar con alguien a cargo, y este es él."

Devin se acercó al director y le tendió la mano derecha. "Encantado de conocerlo, señor. Soy Devin Baker."

El Dr. Collins tomó la mano ofrecida e inmediatamente sintió una sensación que no pudo identificar. Sintiendo algo también, Devin abrió más los ojos, preguntándose qué había curado. Ninguno de los hombres sabía que la úlcera péptica que causaba molestias frecuentes en el estómago del médico nunca volvería a ser un problema.

"Devin, la doctora Keller está diciendo algunas cosas escandalosas sobre ti. Me pidió que llamara a la habitación 3B y también están diciendo cosas que no tienen mucho sentido."

"Entiendo eso, señor. Tenga en cuenta que la doctora Keller acaba de saber esto. Su primera preocupación era que ningún paciente sufriera daños, y luego tuvo una difícil decisión sobre qué hacer conmigo."

"Gracias, Devin," dijo el director. "Ella dice que

puedes convencerme de la legitimidad de tus afirmaciones."

Devin giró su propio antebrazo derecho para que la superficie anterior mirara hacia arriba. Luego tomó su dedo índice izquierdo y trazó una línea a medio camino desde su codo hasta su muñeca. Mientras lo hacía, la piel y el músculo se abrieron.

"¿Qué está…?"

"Solo mire," dijo Robyn Keller, respondiendo antes que Devin.

Cuando la herida comenzó a cerrarse, el Dr. Collins avanzó, estudiando el proceso. Devin pudo ver la boca del médico abrirse con asombro mientras observaba.

Con los ojos muy abiertos, miró a Devin. "¡Eso es increíble! ¿Cómo haces eso?"

Devin sonrió ante la simple pregunta: "Honestamente, no tengo idea."

"¿Y tú también puedes hacerles eso a otras personas? ¿No solo a ti mismo?"

"Sí, se lo demostré a la doctora Keller."

El director Collins miró al residente quirúrgico y ella asintió. "Hizo lo mismo, pero en mi mano."

"¿Es algo que siempre has podido hacer?"

"Doctor Collins, ¿qué tal si nos sentamos y le cuento toda la historia?"

El director despidió a Robyn para que volviera a sus deberes y le pidió que no hablara de lo que había sucedido. Entonces Devin y el Dr. Collins se sentaron, y durante quince minutos Devin dio una explicación detallada de lo que había estado experimentando. Mientras hablaban, el director sacó los registros del hospital de la admisión de Devin cinco años antes y leyó sobre el incidente que ocurrió al comienzo de su fantástica historia.

"Devin, eso es fascinante. Supongo que mi primera pregunta es, ¿por qué estás aquí? ¿Qué es lo que intentabas sacar de tu visita hoy?"

"La respuesta honesta es que estoy experimentando. Creo que este es un regalo de Dios, pero aun no entiendo completamente qué es lo que puedo hacer. ¿Puedo reparar lesiones cerebrales o espinales? ¿Qué pasa con las desfiguraciones de hace años? ¿Qué sucede si toco a alguien a quien le amputaron una pierna? Dudo que vuelva a crecer, pero ¿qué pasará? Hace poco vi un perro que fue atropellado por un automóvil y tuvo una lesión en la pata. Me detuve y lo toqué, pero no pasó nada. Necesito entender estas habilidades, y espero que me ayuden. Necesito saber qué puedo hacer para poder hacer un plan a largo plazo sobre qué hacer con esta capacidad."

Devin respiró hondo. Sintió que estaba hablando demasiado rápido, y esperaba que este director del hospital estuviera dispuesto a ayudar.

13

Kevin McDonald salió con la familia del estacionamiento del aeropuerto en su Ford Edge azul 2019. Estaba exhausto y estaría feliz de llegar a casa. Miró a su esposa, Carla, y supo que ella sentía lo mismo. Había sido un largo día. Se suponía que el vuelo de American Airlines debía llegar hace cuatro horas, pero había ocurrido un problema mecánico y ahora llegaría después de la medianoche. Su hijo de cuatro años, Cooper, se comportó excelentemente durante todo esto y se quedó dormido a los pocos minutos de estar asegurado al portabebés.

Pero Cooper no será feliz por la mañana. Le habían estado diciendo que cuando se despertara por la mañana, Dominó, el Pastor Alemán negro y marrón de ciento diez libras, estaría en casa con él. Cooper y Dominó eran inseparables, y la ausencia de su mejor amigo había sido dura para el niño la semana pasada. Como ya era muy tarde, no fue posible recoger a Dominó de la perrera como estaba planeado.

Inicialmente, Carla había estado preocupada por tener un perro tan grande cerca de su pequeño niño, pero desde el día en que llevaron a Cooper a casa desde el hospital, Dominó lo adoptó como suyo y fue increíblemente amable con el niño.

Estas vacaciones familiares no fueron algo planeado. Kevin trabajó como detective en el departamento del alguacil del condado y fue asignado a la división de narcóticos. Había sido el detective principal en una investigación de dos años que terminó arrestando a más de veinte pandilleros y confiscando cerca de $ 30 millones en heroína y fentanilo. Todos los arrestos ocurrieron hace unos nueve meses. Hace poco más de una semana, el juicio del líder de la pandilla concluyó y el jurado decidió que pasaría el resto de su vida en prisión.

Después de la sentencia, hubo varias amenazas de violencia contra el detective Kevin McDonald, quien había dado la cara frente a las cámaras tras los arrestos. Algunas de las amenazas eran de miembros de pandillas con pasados peligrosos, y los superiores de Kevin le recomendaron que se tomara unas vacaciones pagadas durante una semana y dejara que la ira contra él se calmara.

Habían decidido volar a Dallas y visitar a la familia de Carla. Habían pasado casi dos años desde que la visitaron, y ella los extrañaba y quería mostrarles cuánto había crecido Cooper. El viaje había ido bien y las vacaciones habían sido relajantes y divertidas para toda la familia. Durante la ausencia de Kevin, el departamento del Alguacil no había oído hablar de más amenazas y las cosas parecían haber vuelto a la normalidad.

"¿Cómo estás? ¿Demasiado cansado?" Carla le preguntó a su esposo, después de que habían estado conduciendo durante veinte minutos.

"No está mal. Será bueno llegar a casa y dormir en nuestra cama esta noche."

"Cierto. Pero fue bueno ir a visitar. Los extrañaba a todos, especialmente a mis padres. Sé que disfrutaron viendo a Cooper."

"Fue una buena semana, y Coop estuvo muy bien

con los viajes, los cambios de horario y la interrupción de su rutina. Estoy realmente orgulloso de él."

Carla le preguntó a su esposo: "¿Crees que las cosas se han calmado aquí?"

"Seguro espero eso. Solo quiero que las cosas vuelvan a la normalidad."

Continuaron en silencio durante un par de minutos y se detuvieron en una luz roja. Mientras esperaban, Kevin se dio cuenta del sonido y el movimiento a su lado izquierdo. Miró y vio una motocicleta que se detenía a su lado. La motocicleta tenía un diseño elegante de bajo perfil y fue construida para la velocidad. Había dos personas montadas en ella, ambas cubiertas de cuero. Un hombre alto y delgado conducía y una mujer de mediana estatura se sentaba en la parte posterior, sus caras parcialmente cubiertas por pañuelos.

Tan pronto como la motocicleta se detuvo, ambos sacaron pistolas. Kevin se giró en su asiento y agarró a Carla por la parte delantera de su chaqueta, y mientras luchaba contra ambos cinturones de seguridad, hizo todo lo posible para obligarla a caer al suelo y acostarse sobre ella. Los disparos fueron extremadamente fuertes, aun así podía oír y sentir todos los vidrios rompiéndose, y una ronda le rozó el hombro derecho expuesto.

El ataque solo duró unos segundos, y luego escuchó el rugido del motor de la moto cuando se alejó. Kevin se levantó, desabrochó el cinturón de seguridad y puso el Edge en parada. Ignorando el dolor en su hombro, sacó su arma personal de la funda oculta montada debajo del tablero y salió por la puerta. Disparó cuatro rondas a la motocicleta que huía. La primera de las rondas calibre .40 golpeó el cuadro. El segundo y el tercero entraron por la espalda de la pasajera y pasaron a través de ella hasta el conductor. El cuarto solo golpeó al conductor porque la mujer se había caído. Kevin se levantó de su posición en cuclillas, observando cómo la motocicleta se tambaleaba y caía por la carretera. Ninguno de los motociclistas se movió de donde habían aterrizado.

Después de regresarse hacia el auto, Kevin vio que Carla todavía seguía tumbada en el asiento, sostenida por el cinturón de seguridad. Dos brillantes manchas rojas crecientes eran visibles en el lado izquierdo de su pecho. Estaba viva y luchando por respirar. Kevin miró para el asiento trasero a Cooper, que estaba gritando. Su cabeza y brazos estaban cubiertos con pequeños cortes de vidrio volador, pero aparte de eso, parecía no estar herido.

Kevin se arrojó al volante, ignorando los fragmentos de vidrio de seguridad que se clavaban en él y el dolor en su hombro. Cerró la puerta, puso el auto en marcha y pisó el acelerador.

"¡Resiste!" le dijo a su esposa mientras el auto aceleraba rápidamente, sin saber si ella podía escucharlo. "El hospital está a solo tres kilómetros de aquí."

Un minuto y medio después, llegaron a la entrada de emergencia. Kevin saltó del auto y corrió hacia el edificio, gritando pidiendo ayuda.

14

Devin se sentó e intentó relajarse, pero eso era imposible. Echó un vistazo al velocímetro y vio que leía un poco más de 100 mph. Intentó pensar en lo que estaba a punto de hacer, pero el sonido constante de la sirena no lo dejaba concentrarse. Parte de su problema era que solo cuatro minutos antes, había estado profundamente dormido.

Las últimas dos semanas habían sido un torbellino de actividad para él. El Hospital de la Región Noreste fue uno de los veintisiete hospitales propiedad de una empresa matriz. Debido a esto, pudieron compartir recursos y personal. Esto redujo los costos y permitió que hubiera más atención especializada disponible en hospitales más pequeños. La interacción entre los hospitales también atrajo que a Devin y su sorprendente habilidad llamara la atención de muchas personas. Desde la primera reunión con el Director Collins hace dos semanas, había visitado más de una docena de hospitales e instalaciones de rehabilitación. Durante ese tiempo, había tenido cuatro vuelos en helicóptero y dos vuelos de ida y vuelta en aviones privados. Pensó que podría acostumbrarse a esta emoción.

Desafortunadamente, aunque sus comidas y

alojamiento fueron cubiertos, no le pagaban por su tiempo.

Había dejado en claro las cosas que quería probar, y también tenían otras ideas propias. Los resultados habían sorprendido a todos. Había tocado cerca de cien personas. Vio a personas paralizadas caminar y pacientes traumatizados al borde de la muerte se sentaron y hablaron. Un hombre que había estado en coma durante cinco años, abrió los ojos y habló.

Devin también había asistido a muchas reuniones donde discutían sus habilidades y la mejor manera de utilizarlas. Todas esas conversaciones siempre volvían al impacto que el talento de Devin tendría en los ingresos del hospital. Al principio, Devin se sorprendió de que esto fuera una preocupación tan importante. Luego, uno de los administradores del hospital se sentó con él y le explicó cuánto daño financiero podría tener su capacidad.

"Me dijeron que se trata de la esposa de otro oficial. ¿Es eso cierto?"

La atención de Devin volvió al presente. Miró al oficial de policía de aspecto severo, que conducía. Ella aparentaba tener la edad de Devin, comenzando los veinte.

Pensó sobre la pregunta que ella formuló e intentó recordar. Estaba dormido cuando escuchó sonar su teléfono celular. Lo buscó en la oscuridad y respondió, notando que era poco después de la 1:00 a.m. La persona del otro lado se había presentado, pero Devin no recordaba el nombre. Pensó que dijeron que eran doctores del Centro Médico Yankee. Dijeron algo sobre una mujer involucrada en un tiroteo, y no creían que sobreviviría a la cirugía. Le dijeron que debía vestirse rápido y que su viaje lo llevaría a un helicóptero de Life Flight. Trató de vestirse, aun procesando lo que estaba pasando. Mientras corría escaleras abajo, podía escuchar las sirenas que se acercaban. Les gritó a sus padres que tenía que irse por una emergencia. Salió corriendo de la casa cuando el vehículo policial se detuvo en la calle. Sus luces rojas y azules se reflejaban en las casas de los vecinos en la oscuridad. Devin Saltó al asiento del pasajero delantero y el vehículo policial arranco rápidamente antes de que su puerta se cerrara por completo.

"Estaba profundamente dormido cuando me llamaron," dijo Devin. "Todo lo que recuerdo es que le dispararon a una mujer."

"¿Quién eres? ¿Algún tipo de médico especial?"

"Algo así," dijo Devin, no queriendo tener que explicar más.

El vehículo policial dobló una esquina en el camino, y adelante estaba el parque local. Las luces de aterrizaje del helicóptero iluminaban el estacionamiento.

Tan pronto como el auto se detuvo, Devin gritó: "Gracias por el viaje," saltó por la puerta y corrió hacia la aeronave.

Se aseguró de acercarse desde la parte delantera del helicóptero, alejándose del mortal rotor de cola con el que ni siquiera sobreviviría al contacto.

Su mano alcanzó la puerta lateral. Devin la agarró y alguien lo atrajo hacia adentro. La puerta se cerró y una figura con casco lo dirigió a un asiento, donde ayudó a Devin a abrocharse el cinturón de seguridad. Una vez que la hebilla se cerró de golpe, la aeronave se enderezó. El asiento era pequeño e incómodo, ya que se había desplegado de la pared del helicóptero. Pronto, sintió que se inclinaban y que el movimiento hacia adelante aumentaba. La iluminación en el estrecho compartimento era mínima, y alguien le entregó a Devin unos auriculares, con los que manipulo durante un minuto antes de colocárselos correctamente.

"Devin, ¿puedes oírme?" dijo una voz masculina, a través del auricular.

"Si puedo oírte."

"OKAY. Me llamo Tommy y soy uno de los médicos de vuelo. Mi compañero es Duane. Tendremos un vuelo aproximadamente de quince a veinte minutos."

"¿Hay alguna manera de obtener una actualización sobre la persona lesionada?"

"Veré si puedo obtener alguna información," dijo el médico.

Tommy ajustó algo en la consola de radio, y luego volvió a hablar, pero Devin no pudo escuchar lo que se dijo.

Después de un par de minutos, el auricular de Devin volvió a encenderse y escuchó a Tommy decir: "Devin, tengo al Centro Médico Yankee en la línea. Ellos pueden oírte."

"¿Hola?" Devin dijo tentativamente.

"Devin, este es el doctor Philameni. Hablamos por teléfono."

"Sí, doctor, lo recuerdo. Estaba dormido cuando llamó, y no estoy seguro de haberlo captado todo. ¿Me puede dar una actualización?"

"Ciertamente. La paciente es una mujer de veintinueve años con dos heridas de bala en el pecho lateral izquierdo. Ella está extremadamente inestable. Morirá sin atención inmediata, y el cirujano de trauma cree que probablemente haya demasiado daño para que ella sobreviva a la cirugía. El cirujano te conoció la semana pasada y él fue quien insistió en que tratáramos de traerte aquí. Temía que si la abría, ocurriría tanta pérdida de sangre que su equipo no sería capaz de lidiar con todo el daño a tiempo. Ya que estás en camino, él está tratando de retrasar su apertura, pero está preparado si ella colapsa. Esta es realmente una situación de segundo a segundo."

"Entiendo. Estaré allí lo antes posible. Por favor, asegúrate de que haya alguien allí que me lleve a ella."

"Ya están en el techo, esperando."

Devin le devolvió el auricular de la radio a Tommy y

se recostó. Pensó en Britany y en cómo llegó solo unos segundos demasiado tarde. Sintió un terror frío, sabiendo que podría volver a ocurrir.

Minutos después, sintió que las ruedas tocaban el techo y salió disparado de su asiento y tiró de la palanca que mantenía la puerta cerrada. Saltó y corrió por el techo hacia la puerta y el ascensor más allá, donde alguien vestido con batas de hospital lo esperaba. El elevador parecía que apenas se movía mientras descendía lentamente.

Cuando las puertas finalmente se abrieron, Devin y su guía corrieron por el pasillo. Giraron a la derecha y vieron a otra persona vestida de manera similar esperando en la entrada de la sala de operaciones. Ella sostenía una máscara quirúrgica azul en su mano.

"Ponte esto y luego pasa por esa puerta."

Devin cumplió, aunque no estaba seguro del propósito de la máscara. Ya habían aprendido que podía curar infecciones.

Empujó la puerta y entró en la sala de uniformes quirúrgicos, donde todos los vestidos, gorras y cubiertas de zapatos estériles estaban alineados en estantes dentro de cajas. Continuó pasando varios lavabos grandes y abrió las puertas del quirófano y continuó hacia los pies de la mujer en la mesa de operaciones. Escuchó lo que decía el equipo quirúrgico y se sorprendió al oír el pánico mientras intentaban frenéticamente salvar a su paciente. Estos profesionales calificados estaban claramente peleando una batalla perdida y lo sabían.

"¡Está perdiendo demasiada sangre!"

"¡Su pulso solo está en los cuarenta y está cayendo!"

"Esto no está funcionando."

"¿Quién está a cargo aquí?" preguntó Devin.

Todos lo miraron y uno habló detrás de su máscara quirúrgica. "Devin, soy el doctor Mills. Nos conocimos la semana pasada."

Devin reconoció la voz y le vino a la mente una cara.

Se sentaron y hablaron durante un tiempo la semana pasada y luego realizaron algunas pruebas juntos. Le había caído bien el Dr. Mills y había disfrutado trabajar con él.

"Cuando haga esto, todo se cerrará," dijo Devin. "Primero tienes que sacarle todo."

Mientras trabajaba frenéticamente en el pecho de la mujer, el cirujano respondió: "No podemos. Ella se desangraría antes de que lo desengancháramos todo. ¿Puedes hacer lo tuyo en pequeños tramos?"

"Lo intentaré, pero nunca antes había hecho eso," explicó Devin.

Devin usó su dedo índice y tocó la pierna de la mujer. Luego esperó unos segundos y repitió la acción. Con cada golpe, Devin sentía una sensación familiar.

"¿Está pasando algo?" preguntó.

"El sangrado se detiene. ¡Veo que las cosas se mueven aquí!" dijo el cirujano. "Las cosas están sanando. Continua haciéndolo como lo vienes haciendo."

Lentamente, Devin hizo toques y gradualmente todas las esponjas, abrazaderas y otras cosas que Devin no pudo identificar fueron retiradas de la cavidad torácica abierta.

Después de un par de minutos, el Dr. Mills dijo: "Está bien, Devin. Tenemos todo afuera. Termina de curarla."

Devin dejó de tocar y agarró la pierna de la mujer, y en diez segundos todo terminó.

El Dr. Mills se quitó la máscara quirúrgica, sonrió y asintió agradeciendo a Devin. El resto del personal en el quirófano miró con asombro lo que acababan de presenciar.

Devin respiró hondo. Se sintió aliviado, pero también un poco amargado. Para este extraño, había llegado justo a tiempo. Pero para Britany, había fallado.

15

Una mañana temprano, un par de semanas después, Devin yacía despierto en su cama, pensando en todo lo que había aprendido. Recientemente había completado todos los experimentos con el grupo del hospital, por lo que tenía una idea clara de lo que podía y no podía hacer para sanar a las personas. Los resultados de las pruebas indicaron que la vida del tejido lesionado fue el factor más crítico. Si el músculo, los nervios o los huesos aún estuvieran vivos, entonces él podría hacer que sucedan cosas increíbles. Si las células dentro de los tejidos ya habían muerto, no había nada que él pudiera hacer.

Había probado en un paciente que experimentó muerte cerebral después de un ahogamiento. Nada había sucedido con su toque. Otro paciente que había sufrido un daño cerebral menor después de una caída alta recuperó casi toda la funcionalidad.

Ahora parecía que su trabajo con el grupo del hospital podría haber terminado. Al principio había habido mucha emoción sobre su curación de Carla McDonald. Algunos médicos estaban haciendo planes sobre cómo utilizarlo regularmente. Luego, la junta, que supervisó los veintisiete hospitales, comenzó a cuestionar las ramificaciones legales y el impacto financiero del uso de las habilidades de Devin. Y lo siguiente que supo fue que todas las puertas previamente abiertas habían sido cerradas.

Esto era de preocupación mínima para Devin. Había obtenido la mayor parte de lo que quería, y nunca había imaginado trabajar en un hospital formal. Ahora comprende exactamente lo que pudo hacer. Incluso con una clara comprensión de sus capacidades, todavía luchó con la mejor manera de usar este regalo. El problema seguía siendo que no había forma de avanzar y que su capacidad no se convirtiera en conocimiento público. Lo último que quería era que los extraños acamparan en su césped, rogando que los tocaran. No podía hacerles eso a sus padres.

Mientras contemplaba esto, escuchó al Jefe, el joven perro Labrador negro de la familia, comenzar a ladrar. Entonces Devin oyó que alguien abría la puerta principal.

Segundos después, escuchó: "¡Devin! Por favor baja. Hay alguien aquí solicitándote."

De mala gana, Devin se levantó y se vistió antes de bajar las escaleras. Cuando se acercaba al piso principal, su padre, Randall Baker, lo miró.

"Parece que sucedió un poco antes de lo que esperábamos. Hay un equipo de noticias por ahí."

"¿De Verdad? Pensé que tendríamos un poco más de tiempo."

"Lo sé," dijo su padre. "¿Qué quieres que haga?"

"Me ocuparé de esto. No es necesario que te atrapen con una cámara."

Su padre asintió, cuando se retiraba a la otra habitación, Devin abrió un poco la puerta de madera maciza para poder ver. La primera persona que vio fue una mujer que parecía familiar, pero no pudo ubicarla donde la había visto. Estaba vestida con una falda, blusa y tacones. Junto a ella estaba un hombre con camisa y corbata. Tenía un micrófono y

Devin sabía que lo había visto en las noticias antes. De pie detrás de él había una mujer vestida más informalmente que sostenía una cámara de video.

Devin abrió la puerta un poco más, haciéndose visible para los tres. Tan pronto como lo hizo, el hombre con el micrófono dio un paso adelante.

"¿Señor Baker? Soy Al Bixton de TV16. Hemos escuchado sobre lo que puede hacer y nos gustaría entrevistarlo. Esta es una historia increíble, y a nuestros televidentes les gustaría saber más."

Devin se dio cuenta por la luz roja en la parte frontal de la cámara que lo estaba grabando.

"Señor Bixton, no tengo idea de qué estás hablando. Por favor, váyase."

Devin comenzó a cerrar la puerta, cuando el periodista dijo: "Sr. Baker, ¿niegas haberle dado este folleto a mi colega aquí, cuando la sanaste milagrosamente el mes pasado?"

Devin se detuvo y volvió a mirar al periodista y a la mujer a su lado. Ella sostenía uno de los volantes que había entregado en el hospital. Luego recordó por qué la conocía. Ella era la mujer con la lesión en la pierna. Un auto la había golpeado y su pierna estaba severamente dañada. De hecho, ella era la mujer a la que estaba ayudando cuando el residente quirúrgico, la Dra. Keller, lo había atrapado.

Inesperadamente, Devin se encontró improvisando de nuevo. Señaló a la mujer que había sanado. "¡Tú, entra a la casa! Ustedes otros dos no vendrán."

"Señor. Baker, nos gustaría hablar con usted por un minuto para que podamos informar sobre esta increíble historia ," dijo Al Bixton.

"Ella entra sola y ahora, o cierro la puerta y no hablo con ninguno de ustedes."

"¿Puede llevar una grabadora?" dijo la mujer sosteniendo la cámara.

"¡Absolutamente no!"

El trío de intrusos comenzó a susurrar entre ellos.

"La puerta se cierra y se cierra en cuatro segundos. 4... 3... 2..."

"Bueno. Solo yo, sin grabación."

La mujer se adelantó y Devin le abrió la puerta.

Cuando ella entró, él miró a sus camaradas. "Ustedes dos no tienen permiso para estar en la propiedad, y ciertamente no pueden intentar mirar en mis ventanas con esa cámara." Dio un portazo y la cerró. Con una voz amenazante, dijo: "Dame tu teléfono ahora."

"¿Mi teléfono? ¿Por qué?"

"¡Ahora!"

"Bien, bien. Aquí está." Ella se lo entregó, y él lo dejó en la mesa al lado de la puerta.

No iba a correr el riesgo de que ella intentara grabar la conversación.

"Sígueme." Devin la condujo al comedor, porque la sala tenía grandes ventanales, a través de los cuales alguien podía grabar fácilmente el video. Cerró las cortinas, asegurándose de que tuvieran privacidad. "Toma asiento."

Ella se sentó en una silla de madera con respaldo recto.

"¿Cuál es su nombre?" Dijo Devin.

"Candice Adams," respondió ella, con un temblor en su voz.

Podía ver que Devin estaba furioso, y no tenía experiencia lidiando con situaciones como esta.

Devin levantó su mano izquierda, su palma hacia la cara de ella. Su palma se abrió de par en par, causando que Candice jadeara en estado de shock. Una vez que su mano volvió a la normalidad, Devin tomó su dedo índice y colocó la punta firmemente en la frente de ella. Los ojos de Candice se abrieron de miedo, sin saber lo que podría hacer.

"Dime ahora, ¿tienes algún dispositivo de grabación?"

"N-no, señor. Yo no. Lo prometo."

Devin le quitó el dedo de la frente. "Bueno." Dio la vuelta a la mesa y se sentó frente a ella. "Entonces Candice, parece que fue un error de mi parte ayudarte."

"No, no lo fue. Estoy muy agradecida. Si no fuera por ti, todavía estaría en el hospital y tendría más cirugías programadas."

"Entonces, ¿estás agradecida y, para demostrarlo, invades la privacidad de mi hogar? Si transmites una historia sobre mí, habrá docenas de otros reporteros aquí en la casa de mis padres, y cientos de personas que se presentarán a todas horas, queriendo que los toque. ¿Pensaste en eso?"

"Realmente no había pensado en eso. Esto no es algo que yo haga. Cuando les conté lo que hiciste, estaban entusiasmados con la historia." Candice inclinó la cabeza hacia el patio delantero.

Devin la miró confundido. "Pensé que eras una periodista."

Candice sacudió la cabeza. "No. Trabajo para TV16, pero en el departamento de TI. Soy administrador de la base de datos. Después de mi accidente, un grupo de mis compañeros de trabajo vino y me vio en el hospital. Sabían que estaba gravemente herida. Al día siguiente me presenté en el trabajo, completamente recuperada y con una historia increíble. No había forma de callarlo."

Devin pensó en lo que había dicho y no estaba seguro de cuánto cambió esto, si es que lo hizo.

Con una voz que carecía de todo el veneno que tenía antes, dijo: "Verás, Candice, tan pronto como salga una historia sobre mí, tengo que mudarme de la casa de mis padres y encontrar un lugar donde quedar que sea secreto o tenga mucha seguridad para mantener a todos alejados. No voy a vivir con un flujo constante de personas siguiéndome, queriendo que las sane."

"OKAY. Pero tarde o temprano, esto saldrá a la luz. La única forma de mantenerlo en secreto es nunca volver a usar tu habilidad."

Devin asintió con la cabeza. "Lo sé. Pero necesito tiempo para poner algunas cosas en su lugar. Cosas como una nueva residencia y averiguar cómo me desplazaré en privado."

"Eso tiene sentido. Pero en algún momento, terminarás convirtiéndolo en público. ¿Correcto?"

"Por supuesto. No creo que tenga mucho más que hacer, en cuanto a conocer mis límites. El siguiente paso es comenzar a usarlo."

"¿Qué pasaría si fueras socio de TV16?"

"¿Qué quieres decir?"

"Aceptamos no continuar y llegar hasta aquí y dejarlo solo hasta que tu esté listo. Tú aceptas no hablar con otros medios hasta que decidas trabajar con nosotros. Luego, juntos, organizamos un evento en el que sanas a un grupo de personas y grabamos el evento y le entrevistamos. De esa manera, sabrá con quién está tratando y tendrá más control sobre cómo se revelan sus talentos."

"¿Tu estación estará de acuerdo con esto?"

Candice sonrió. "Soy amiga del gerente de producción. Sé cómo piensan ellos. Estoy segura de que les encantará. Para nosotros, obtenemos la historia en exclusiva sin tener que escabullirnos y que nos odies. Realmente no puedo hablar por la estación, pero estoy segura de que lo harán."

16

SEIS SEMANAS DESPUÉS

Devin salió del auto con una pequeña mochila. TV16 había proporcionado un vehículo, un conductor y un oficial de seguridad vestido de civil.

"Regresaré en unas horas," dijo a los hombres.

"Sí, señor Baker," dijo el conductor. "Estaremos aquí para llevarle de vuelta al apartamento."

La asociación que había establecido con TV16 había demostrado ser más valiosa de lo que esperaba. No solo le habían encontrado una vivienda temporal que incluía seguridad. También lo estaban ayudando a encontrar una residencia más permanente. Necesitaba un lugar para vivir que estuviera cerrado, con seguridad. La mayoría de las casas así tenían largas listas de espera.

Devin estaba teniendo una mañana emocionante. Acababa de llegar de la estación de televisión, donde había grabado una entrevista para transmitir más tarde esa noche. Había revisado y aprobado todas las preguntas con anticipación. Su mayor preocupación era que se salieran del guión y trataran de investigar en áreas que aún no estaba listo para revelar. Afortunadamente, cumplieron su palabra y se quedaron con las preguntas planeadas. Ahora estaba entrando en un bonito hotel, en un hermoso día de finales de verano, donde tendrían, lo que estaban llamando, su Evento de Presentación.

Devin entró en el espacioso vestíbulo y vio a Candice Adams esperándolo. La estación la había sacado de sus tareas habituales y la había asignado como representante oficial de la estación para Devin. Durante las últimas semanas, se habían convertido en buenos amigos. Si bien no había nada romántico entre ellos, trabajaron bien juntos y Devin había llegado a confiar en ella.

"Hola, Devin. Tenemos todo configurado. La gente está empezando a llegar."

"Suena bien. ¿A dónde vamos?"

"Sígueme. Tengo una pequeña habitación para que esperemos mientras todos sigan llegando."

Condujo a Devin a una pequeña sala de conferencias adyacente a la gran sala de reuniones. Devin se asomó a la habitación más grande y vio a muchas personas sentadas, incluidos sus padres, que estaban sentados atrás. Insistieron en presenciar el evento. La estación de televisión había aceptado y Candice había bromeado diciendo que solo les cobrarían la mitad del precio.

"¿A cuántas personas invitaron?" Dijo Devin. Acordamos ciento cincuenta. Parece que ahora hay mucho más que eso allí.

"Bueno, se corrió la voz y tuvimos algunas preguntas más después de hacer las proyecciones. En realidad hay ciento sesenta y cuatro. Además, les dijimos a cada uno de ellos que podían traer a alguien con ellos si quisieran."

Devin asintió con la cabeza. ¿Ciento sesenta y cuatro, y todos están pagando doscientos dólares?

"Sí, ese es el trato, y obtienes la mitad. La estación recibe la otra mitad, pero cubrimos todos los gastos." Ella confirmó.

Devin asintió con la cabeza. Él saldría de aquí con más de $ 16,000. Amoblar la casa que la estación le estaba ayudando a conseguir no sería un problema si pudiera hacerlo varias veces.

Candice había establecido un equipo cuyo trabajo había sido encontrar 150 buenos candidatos para ver a Devin en la presentación. Devin había proporcionado criterios específicos sobre las condiciones que podía curar. Estaba lo suficientemente nervioso esta noche y no quería que surgiera nada que no pudiera curar con éxito.

Devin se sentó y aceptó la botella de agua ofrecida, pero le pasó de largo a los bocadillos.

"Devin, ¿te importa si hago una pregunta?" Dijo Candice.

"Por supuesto no."

"Cada vez que te veo, tienes puestas camisas de manga larga. La temperatura a estado por encima de los ochenta grados durante la última semana, y todavía las mangas largas. ¿Es por tu habilidad?"

"Sí, cuando estaba trabajando con los diferentes equipos del hospital, tuve un par de incidentes en los que alguien me criticó. Una vez en una habitación llena de gente, y dos veces en un ascensor. Las tres veces, sentí la sensación de haberles hecho algo. Dos de ellos reaccionaron, claramente conscientes de que algo sucedió. No sé lo que curé. Tal vez solo una vieja cicatriz, pero decidí que quería controlar con quién estaba contactando. Entonces comencé a usar mangas largas. También trato de evitar estrechar la mano o cualquier otro contacto casual."

Después de unos quince minutos, Candice recibió un mensaje de texto que decía que todos estaban sentados y listos para comenzar.

"OKAY. Tu turno," dijo Candice.

Devin abrió la mochila y sacó un paquete grande de volantes que había estado repartiendo en el hospital. Alguien de la estación se los estaría dando a cada persona cuando salieran de la habitación.

Candice y Devin salieron y se dirigieron a la sala de reuniones, donde Devin caminó hacia el frente. Había luces temporales instaladas y cámaras de televisión para capturar las curaciones desde todos los ángulos. Alguien de la estación le entregó un pequeño micrófono que se colgó del cuello. Recibió una aprobación de un miembro del equipo de sonido.

"Hola, me llamo Devin. Quiero disculparme si parezco un poco nervioso. Esta es la primera vez que hago esto públicamente. Me han dado un regalo de Dios: la capacidad de sanar. Sé que suena loco, pero en un minuto verás lo real que es. Cuando salgas de la habitación, alguien te entregará un folleto. Te pido que tomes uno y pases un tiempo leyéndolo en los próximos días." Devin miró a Candice y asintió.

Ella también tenía un micrófono. "¿Podrán todos los del grupo uno ponerse de pie y hacer una cola aquí?"

Tan pronto como las primeras diez personas se pusieron en la fila, alguien los condujo al frente y Candice tomó la hoja de papel que cada uno sostenía.

Echó un vistazo a los papeles. "Devin, este primer hombre es Jim. Es un bombero retirado. Inhaló fuego mientras estaba en una situación laboral. Sus pulmones están gravemente dañados y también tiene algunas quemaduras faciales."

El hombre, que parecía tener poco más de cincuenta años, se acercó vacilante y sonrió nervioso. Devin pudo ver las cicatrices de quemaduras en la cara del hombre, que también estaba recibiendo oxígeno debido al daño pulmonar. Llevaba un pequeño tanque de oxígeno en la mano izquierda.

"Jim, por favor mira a la audiencia," dijo Devin. Tan pronto como se volvió, Devin le tocó el brazo expuesto.

Los miembros de la audiencia en las primeras filas, que estaban lo suficientemente cerca como para ver desaparecer las cicatrices de quemaduras, jadearon. Con los ojos muy abiertos, Jim se quitó el tubo de oxígeno de la nariz y tomó dos respiraciones lentas y profundas. Entonces las lágrimas comenzaron a fluir y abrazó a Devin.

"Gracias. ¡Muchas gracias!"

Cuando Jim lo soltó, Devin escuchó a Candice decir: "Lo siguiente es Kate. Fue atropellada por un automóvil hace años y resultó gravemente herida. Está en esta silla de ruedas debido al fuerte dolor de espalda que tiene cuando camina. Esto se debe a las muchas vértebras que se rompieron en el accidente."

Devin miró a la bella joven, que aparentaba tener veintitantos años, y parecía asustada.

"¿Estás lista para salir de esa silla?"

Ella asintió tentativamente.

Devin le tendió la mano y ella la tomó. No la ayudó a levantarse de inmediato, sino que esperó a que pasara una sensación familiar. Para entonces, ya podía ver la alegría en el rostro de Kate y la ayudó a ponerse de pie. Lentamente giró, luego se inclinó hacia adelante y tocó sus pantorrillas, y luego se levantó y le dio a Devin el segundo abrazo que recibiría ese día.

PARTE II

17

AÑO 2106

L a mañana comenzó como cualquier otra para el Dr. Matthew Becker. Se despertó, se duchó y se preparó para el trabajo. Se despidió de sus dos hijos adolescentes y los vio salir para tomar el autobús a la escuela. Su hijo, Ralph, tenía catorce años, y su hija, Deb, tenía dieciséis años. A los pocos minutos, vio que el autobús totalmente automatizado se detenía al frente. En una señal de la computadora de navegación, la puerta se abrió para permitir que los estudiantes entraran. Mientras Matthew veía alejarse el autobús, pensó en su juventud, cuando había habido tanto debate sobre permitir que los robotbuses transportaran a los estudiantes. La tecnología tardó varios años en madurar, pero ahora era tan común como todos los demás automóviles automáticos en la carretera.

El autobús escaneaba el biochip implantado en el brazo derecho de cada estudiante cuando entraban y salían del vehículo. Las cámaras monitoreaban el comportamiento del estudiante y las sanciones por infracciones eran severas. Desde un solo centro de control, un puñado de personas monitoreaba flotas enteras de autobuses. En algunos distritos más problemáticos, un asistente adulto viaja dentro del vehículo. No para conducir, sino para lidiar con problemas de disciplina.

Mientras veía salir el autobús, la esposa de Matthew, Mallory, se acercó y se paró a su lado. Trabajó en administración en el hospital local, y trabaja desde su casa la mayoría de los días.

"¿Crees que llegarás tarde esta noche?" ella preguntó.

"No puedo pensar por qué lo haría. Tengo algunas cosas emocionantes que hacer, pero nada que nos detenga allí tarde. Estaré en el laboratorio todo el día, excepto mi almuerzo con Brian."

"¿Vas a intentar repetir el experimento hoy?"

"Planeamos probar un par de variaciones sobre lo que hicimos el viernes.

"¿Hay alguna razón para esperar resultados diferentes?"

"Lo dudo. Solo necesitamos más datos para poder descubrir qué está pasando."

"Bueno. Buena suerte. Te veré cuando llegues a casa"."

Se despidieron besándose y Matthew salió afuera justo cuando el auto se detenía enfrente. Sus ojos se abrieron cuando vio que esta mañana tenía un auto amarillo. El amarillo era un color poco común para los automóviles. La mayoría de los robotcarros eran grises genéricos. Solo recordó unas pocas veces que había montado en uno de este color.

Se sentó en el asiento trasero, miró el panel de estado en el frente y vio que todas las luces eran verdes. Unos días antes, el auto que lo recogió tenía dos luces de falla ámbar. Uno tenía un indicador de combustible bajo y otro por una falla de comunicación secundaria. Se suponía que los autos debían abastecerse de combustible, si fuera necesario, antes de cualquier asignación y retirarse de la rotación por cualquier error en sus sistemas.

Hace veinte años, la propiedad de automóviles privados comenzó a descontinuarse. Enormes piscinas de vehículos autónomos reemplazaron a los de propiedad privada. Estos vehículos autónomos estaban en la vía constantemente, pasando de un trabajo a otro. Ya no más automóviles inactivos en las vías durante horas o días a la vez.

Se recostó y se relajó durante el viaje de quince minutos mientras el asistente virtual del automóvil lo actualizaba sobre deportes recientes, noticias y clima. Matthew apoyó la cabeza hacia atrás y cerró los ojos, absorbiendo la información que el asistente le estaba dando. De vez en cuando decía: "Omitir," si el artículo presentado no era de interés.

El asistente era interactivo y Matthew podía hacer consultas al sistema. El asistente virtual localizaría cualquier información solicitada y la mostraría en pantallas integradas o la entregaría verbalmente. Cuando el automóvil escaneó su biochip cuando entró, accedió a su perfil en línea y conocía la información que probablemente querría escuchar.

Durante el viaje, Matthews llamó la atención de una flota de grandes drones sin piloto que despegaba de un centro de distribución minorista. Una vez que ganaron altitud, todos se separaron y se dirigieron en diferentes direcciones hacia sus tareas. Se dirigían a las tiendas para entregar su producto o a una empresa de entrega que llevaría la mercancía directamente a los clientes.

Mientras se acercaban al laboratorio, Matthew dijo: "Para las presentaciones."

El asistente dejó de hablar.

"Asistente, reserve un auto para las 11:45 para recogerme en el trabajo y llevarme al restaurante Lobster House en Jamestown."

"Reserva hecha y agregada a su horario," dijo el asistente del vehículo.

"Envíale un mensaje a Brian Stoffer e infórmale

que planeo encontrarme con él alrededor del mediodía" Al hacer referencia a la información en el biochip de Matt, el asistente virtual encontró la entrada para Brian Stoffer en su directorio de direcciones en línea."

"Mensaje enviado," dijo la voz automatizada.

Matthew y Brian se conocieron en una conferencia hace cinco años y se hicieron amigos rápidamente. Como trabajaban cerca el uno del otro, acordaron reunirse para almorzar tres o cuatro veces al año. Matthew siempre esperaba estas oportunidades para ver a su amigo y ponerse al día con lo que cada uno estaba haciendo.

El auto llegó frente al impresionante edificio de oficinas.

Matthew salió y una voz desde el interior del auto dijo: "Que tenga un buen día, doctor Becker."

Entró en el edificio y pasó el área de recepción. Se acercó al panel transparente que bloqueaba el acceso a un área específica del edificio. Al consultar el biochip en el brazo derecho de Matt, una computadora que controlaba el acceso al edificio ordenó a los paneles que se separaran y lo dejaran pasar. Matthew continuó por el pasillo y tomó un elevador por dos niveles. Salió y fue a su oficina, donde depositó su chaqueta.

"Asistente, ¿hay algún mensaje para mí?"

"Un mensaje de Brian Stoffer," dijo una voz proveniente de un pequeño dispositivo en su escritorio. Dice: "Suena bien. Hasta entonces."

Matthew fue a un panel en la pared. Se abrió y sacó una taza de café caliente. Cuando los sistemas lo reconocieron entrar al edificio, esperó un minuto y luego hizo que la cafetera oculta en el panel preparara el café para que estuviera listo cuando llegó. Salió de la oficina y entró al laboratorio, llevando su taza.

"Hola, jefe," dijo un coro de voces, cuando entró.

"Buenos días muchachos. ¿Estamos listos?"

"Hagamos esto," respondió un miembro entusiasta del equipo.

"Está bien, igual que la última vez. Envían a las 8:15, y recibiremos a las 8:10."

Tres de los miembros del equipo se fueron con dos cajas y se dirigieron al otro laboratorio en ese piso. La primera de las cajas contenía un camión de metal de juguete, un caballo de plástico y una sandía. El otro contenía un paquete de instrumentos que incluía una pequeña fuente de energía y docenas de sensores que medían las condiciones ambientales. Los equipos estaban a punto de repetir un experimento que habían intentado la semana anterior, donde habían movido con éxito los tres objetos en el tiempo. Solo había sido un salto de cinco minutos, pero había demostrado que podían hacerlo. Lamentablemente, hubo complicaciones. Esta vez también enviarían el paquete del instrumento. Esperemos que les ayude a comprender lo que experimentan los objetos cuando retroceden en el tiempo.

La atención de todos se centró en el banco de trabajo en el centro de la sala. Dos de los miembros restantes del equipo instalaron equipos de grabación de video que rodean el espacio de trabajo. Precisamente a las 8:10, un punto de luz azul neón apareció a unos centímetros del banco de trabajo. Rápidamente creció hasta un pie de alto y dos pies de largo. Dentro de la luz, aparecieron varios elementos, y luego el portal desapareció. Nadie se acercó al banco. Estaban esperando que se completara el escaneo. El equipo escaneó a los recién llegados en busca de más de una docena de factores, incluyendo temperatura, radiación, cargas eléctricas estáticas, peso y densidad molecular. Una vez que la computadora señaló que todo estaba despejado, todos pudieron ver que, como la última vez, las cosas no fueron perfectas.

La transición a través de la línea de tiempo funcionó

y el camión y el caballo de plástico se vieron como se esperaba. Pero la sandía ahora era un montón de basura que continuaba descomponiéndose mientras observaban. Estos resultados fueron los mismos que la última vez. El paquete de instrumentos parecía estar bien, y un miembro del equipo lo tomó para poder analizar los datos que había recopilado. Con suerte, arrojaría algunas pistas sobre lo que había causado un impacto tan negativo en la materia biológica.

"Supongo que no está listo para ensayos en humanos," dijo una voz de forma sarcástica.

El doctor Matthew Becker consideró responder al comentario, pero se abstuvo.

"Recuerde, gente," dijo, "esto es lo que esperábamos. No es lo que deseábamos, pero sabíamos que esto era probable, según la semana pasada. Veamos el mismo análisis que antes. Quizás encontremos algo que nos perdimos la última vez. Una vez que tengamos los resultados de los instrumentos, le informaremos lo que encontramos. Haremos la próxima prueba después del almuerzo. Planifiquemos que eso comience a las 1:30 p.m."

Con el aparente problema de enviar biomateria a través del tiempo, el equipo quería realizar otra prueba. Transmitirían seis objetos nuevos esta tarde: un palo recién cortado de un roble, un trozo de madera de un 2X4 que tenía varios años y bien seco, una planta en maceta, una pata de pollo cruda, una manzana y Una taza llena de agua.

Algunos miembros del equipo querían colocar un pez dorado en el agua, pero se decidió que entenderían mejor lo que funcionaba y lo que no antes de agregar un organismo vivo.

18

———

A las 11:45, Matthew Becker salió del edificio de oficinas y vio un automóvil que se acercaba a la acera. Era gris básico y parecía ser uno de los modelos más nuevos que había comenzado a ver a fines del año pasado. Mientras se acercaba al auto, el vehículo escaneó su biochip y luego le abrió la puerta.

Se sentó y el asistente virtual dijo: "Buenos días, doctor Becker. ¿Ha cambiado su destino, señor?

"Ningún cambio."

"Muy bien. Llegaremos en aproximadamente quince minutos."

Mirando por la ventana, Matthew apreció el hermoso día soleado de otoño. Esta era su época favorita del año. Él prefería las temperaturas frescas a los veranos calurosos aquí en el este de Virginia.

Volviendo a centrarse en los negocios, Matthew tomó su computadora de bolsillo y comenzó a revisar los datos de la prueba. La compilación de bolsillo es una computadora de bolsillo avanzada y un dispositivo de comunicación. Interactúa con el biochip implantado que todos se inyectan en su brazo a una edad temprana.

La prueba de esta mañana tuvo el resultado exacto que esperaban porque habían realizado la misma prueba la semana anterior. El problema era que el

95

examen de la sandía después de la primera prueba mostró la destrucción de la mayoría de las células vegetales. A nivel celular, había algo en el proceso de viaje en el tiempo que era increíblemente destructivo. Dado que el objetivo final era poder mover a una persona a través del tiempo de manera segura, este era un gran problema que tenían que resolver.

El paquete de instrumentos que transmitieron hoy registró todo lo posible, y los resultados habían estado disponibles justo cuando Matthew tenía que irse a su cita para almorzar. La segunda prueba más tarde de ese día involucraría una amplia gama de materiales orgánicos, y estudiarían el efecto del viaje en el tiempo en cada uno.

Mientras Matthew estudiaba los resultados de la prueba, notó que casi todo parecía permanecer normal, con la excepción de la presión atmosférica y la fricción. Ambos habían salido de la tabla por la fracción de segundo que se tardó en pasar de un período de tiempo al siguiente. Tal vez esta información y el próximo experimento les darían un camino hacia el éxito final.

El vehículo comenzó a disminuir la velocidad y Matthew cerró la computadora de bolsillo.

"Estamos llegando a su destino, señor."

"¿Ya llegó el auto de Brian Stoffer?"

"Sí, señor, lo ha hecho. El restaurante informa que ha sido acomodado en una mesa."

El auto se detuvo en la calle y la puerta se abrió.

Cuando Matthew salió, escuchó: "Que tenga un buen día, doctor Becker."

Caminó por el corto sendero que conducía a varios restaurantes en el paseo marítimo y entró en Lobster House.

Se acercó a la consola dentro de la puerta y antes de que pudiera decir algo, una voz electrónica dijo: "Bienvenido a Lobster House, doctor Becker. El doctor Stoffer ya está aquí. Por favor, sigue la luz azul."

Matthew no pensó mucho en la eficiencia del sistema. Había crecido con esta tecnología y se habría sorprendido si no hubiera funcionado correctamente. Tan pronto como llegó el automóvil, transmitió el código de identificación de su biochip, su nombre y las opciones de pago en el archivo al asistente virtual del restaurante. El asistente virtual lo identificó tan pronto como cruzó la puerta. La información de pago recibida del automóvil significaba que, aparte de cómo dividir la factura, no habría necesidad de discutir el pago.

Una luz azul apareció en el suelo y Matthew caminó hacia ella. Cuando se acercó a la luz, se movió por el suelo, permaneciendo a unos ocho pies delante de él, llevándolo a su asiento. Continuó hasta llegar a una mesa con vista al mar. Cuando Matthew se acercó, la luz desapareció.

El restaurante estaba decorado con un tema náutico clásico. Había boyas viejas, banderas y partes de barcos viejos, incluyendo ventanas de ojo de buey, hélices y volantes colgados en las paredes, junto con imágenes digitales de barcos viejos que se desplazan en varias pantallas alrededor del restaurante.

Sentado a la mesa estaba su buen amigo Brian Stoffer. Brian era un hombre alto y delgado de unos cincuenta años, con piel oscura y acento sureño. Fue presidente y director ejecutivo de Stoffer Medical Enterprise (SME), que participó en todas las áreas de la atención médica. Brian supervisó personalmente la división de investigación médica y había obtenido múltiples subvenciones federales para varios proyectos que tenía en marcha. SME tenía fama de adquirir el mejor talento y obtener resultados impresionantes.

Brian se puso de pie mientras su amigo se acercaba, y los hombres se abrazaron cálidamente.

"Matthew, me alegra que estés aquí. Ha pasado mucho tiempo desde la última vez que nos vimos."

"Lo sé, lo sé. Las cosas se ponen muy complicadas, y

lo siguiente que sé es que no nos hemos visto en meses."

Los hombres tomaron asiento. Tenían una gran vista del muelle y algunos barcos en la distancia.

Los dos pasaron los siguientes minutos discutiendo sobre vacaciones familiares y recientes mientras miraban los menús electrónicos en las pantallas integradas en las mesas. Finalmente, Matthew hizo un gesto hacia la pequeña caja en el centro de la mesa, mientras miraba a su amigo. Brian asintió, indicando que estaba listo para ordenar, y presionó el botón en la caja.

"El asistente toma las órdenes," dijo Brian. "Facturas separadas."

"Doctor Stoffer, adelante y ordene."

"Tomaré el jamba laya de mariscos con té helado."

"Jambalaya de mariscos con té helado. Su pedido ha sido enviado. Doctor Becker, haga su pedido."

"Tomaré la lubina con arroz y vegetales mixtos, y también tomaré té helado."

"Entendido. Lubina con arroz y verduras mixtas. Su pedido ha sido realizado. Sus bebidas saldrán en breve. ¿Alguno de ustedes desea agregar un aperitivo?" la voz mecánica preguntó.

Matthew miró a su amigo, que sacudió la cabeza.

"No," dijo Matthew.

Dos minutos después, apareció un camarero con sus bebidas. Tan pronto como se fue, Brian llegó al meollo de la conversación: el progreso en sus áreas de investigación. A los dos les encantaba saber cómo progresaban y qué habían logrado.

"Entonces, Matthew, ¿cómo está progresando tu viaje en el tiempo? Lo último que hablamos fue que esperabas poder abrir una ventana al pasado pronto."

"Hicimos eso. Al principio, era bastante pequeño y solo pudimos abrirlo por una fracción de segundo, pero nuestro equipo logró enviar un rayo láser enfocado a través de la pequeña abertura. Pudimos devolverlo una hora. Más tarde, intentamos enviarlo de regreso un día y descubrimos que no importa qué tan atrás lo enviemos. Es tan fácil enviarlo un mes como una hora. Desde entonces, hemos estado trabajando para crear un portal más grande y estable. La semana pasada, mi equipo de investigación transportó con éxito tres objetos en el laboratorio en el tiempo quince minutos." Matthew explicó.

"¡Eso es increíble! ¿Te estás acercando a poder enviar a una persona en el tiempo?" Brian preguntó.

"Bueno, ahí es donde estamos atrapados. Los objetos de metal o plástico retroceden fácilmente, incluso los electrónicos. Sin embargo, la biomateria es un problema. Algo sucede durante el movimiento entre períodos de tiempo que es extremadamente destructivo para el material orgánico. Enviamos una sandía de regreso, y cuando llegó parecía que había pasado tiempo en un procesador de alimentos. La mayoría de las células se habían derrumbado, y observamos bajo un microscopio cómo las restantes se desintegraron durante la siguiente hora."

"Oh, eso es un problema. ¿Qué has hecho para tratar de resolver esto?"

"No mucho. Esa primera prueba de sandía fue solo el viernes pasado. Repetimos la prueba y obtuvimos los mismos resultados nuevamente esta mañana. Esta tarde intentaremos nuevamente con una amplia gama de otros materiales orgánicos para ver si los resultados arrojan luz sobre lo que está causando el problema. Esperábamos obstáculos, y este es solo uno más que despejemos. Lo resolveremos." Matthew explicó.

"Uno de mis equipos está trabajando en nuevas formas de tratar el envenenamiento por radiación. Como estoy seguro de que tú lo sabes, la exposición a la radiación destruye las células del cuerpo. Están trabajando en un tratamiento que fortalecerá las células y evitará su destrucción cuando se expongan a la radiación. Si lo deseas, puedo organizar una reunión entre ese equipo y el tuyo para ver si puede haber un lugar donde su trabajo pueda ayudar con el tuyo," ofreció Brian.

Matthew asintió con la cabeza. "Eso sería genial. Si puedes explicarles lo que estamos tratando de lograr y hacer que me llamen, eso podría ser muy útil."

"Encantado de ayudar. Has llegado tan lejos. Me alegraría hacer cualquier cosa para ayudar al avance de esto."

"¿Qué pasa con tu trabajo? ¿Cómo está progresando? Matthew preguntó.

"Mucho más lento que el tuyo, me temo. Como te dije antes, estamos buscando una fórmula que permita que el cuerpo humano se cure a un ritmo más rápido de lo que es posible actualmente. Desafortunadamente, eso no es fácil. No hemos tenido ningún progreso real últimamente, solo algunas teorías basadas en nuestros estudios."

"¿Qué tipo de teorías?"

"Bueno, para que el cuerpo en su conjunto se repare a un ritmo más rápido, los cambios que hacemos tienen que afectar a todo el cuerpo a nivel celular. Tenemos una versión temprana de un suero, que cuando se aplica directamente a un grupo de células, aumenta su capacidad de repararse a un ritmo fantástico. El problema es que es extremadamente lento penetrar en las células para hacer los cambios necesarios".

"OK, te estoy siguiendo. ¿Qué tan lento estás hablando?"

"Deseamos tener una droga que pueda inyectarse en alguien que está gravemente herido y que su tasa de curación aumente en diez o incluso cien veces. Tenemos una fórmula que creemos que funcionará, pero debido a la cantidad de tiempo que tarda en extenderse a través de las células, la curación real de todo el cuerpo ni siquiera comenzaría durante años, o tal vez incluso décadas."

"Oh, ya veo dónde hay un problema. Pero parece que tienes un comienzo en tu viaje. Solo necesito resolver algunos de los problemas," dijo Matthew, tratando de ser alentador.

"Tal vez. Pero incluso si resolvemos este problema, aún no sabemos con certeza si la fórmula funcionará para permitir que las lesiones se curen más rápido. No podemos probar esa parte hasta que pasemos este primer obstáculo," explicó Brian con la frustración evidente en su tono.

"Me parece que ambos estamos persiguiendo algunas cosas emocionantes a nivel celular," dijo Matthew. "Digo que cualquiera de nosotros que termine primero, no tiene que pagar el almuerzo la próxima vez."

"Sospecho que seré yo quien pague, pero acepto." Dijo Brian.

19

Sandra se sentó en el asiento delantero de la furgoneta. Junto a ella estaba Darrel Benning. Ella lo despreciaba cuando tenía que trabajar con él. Era cruel y siempre hacía comentarios groseros. La peor parte fue su aparente aversión a bañarse. Su cabello siempre estaba grasiento, y ella dudaba que un peine hubiera pasado por él.

La camioneta tenía las marcas para una empresa de mantenimiento del hogar que no existía. Habían aplicado las etiquetas a los lados del vehículo cuando estaban a medio camino y las quitarían en unas pocas horas.

Se prepararon mentalmente, ya que se estaban acercando a su destino. La furgoneta los había conducido setenta y ocho kilómetros hasta la subdivisión. Esto los devolvería en unas pocas horas. El viaje de regreso sería más largo. Se dirigirían unos treinta minutos en la dirección opuesta antes de encontrar un lugar apartado para quitar las calcomanías del vehículo. Luego regresarían a casa. Una vez que hubieran regresado, no solo borrarían la computadora de navegación. Lo reemplazarían por uno nuevo, y el actual sería triturado. No existiría ningún registro de su misión matutina.

Sandra ordenó al vehículo que apagara los faros justo antes de que la camioneta se detuviera en la casa. Miró a Darrel, quien asintió, indicando que estaba listo. Estaba vestido idénticamente como ella. Llevaban trajes de contención apretados de una pieza. Entre los trajes, los guantes y las fundas protectoras de los zapatos, no se dejaría ninguna evidencia sin darse cuenta. Cada uno tenía una banda ancha alrededor de su antebrazo para proteger sus biochips. Sería desastroso si los sistemas de la casa los escanearan.

Después de salir del vehículo, cada uno atado con un cinturón de fuente de poder. Sandra llevaba una pequeña bolsa hecha del mismo material que sus trajes. Nada saldría de la bolsa que pudiera ser recuperado por la policía. A medida que se acercaban a la casa, cada uno se puso una capucha ajustada que se conectaba al cinturón de alimentación de poder. El casco era hermético, y el cinturón de energía se encargaría de mover los pequeños recicladores de aire incorporados en sus mascarillas. Cuando salieron de aquí, ni siquiera quedaría aire exhalado que una unidad de la escena del crimen pudiera detectar, capturar y analizar.

Mientras se acercaban silenciosamente a la casa de un solo piso, se movieron lo más silenciosamente posible y observaron las casas vecinas para asegurarse de que no llamaran la atención. Darrel tomó un dispositivo y lo colocó contra la cerradura, y unos segundos después escucharon un golpe agudo cuando un agujero circular con un diámetro de tres pulgadas atravesó la puerta de acero, rompiendo la cerradura. Sandra empujó primero, con su bastón eléctrico frente a ella. No le importaba lo que estaban a punto de hacer: era una tarea necesaria. Pero el entusiasmo de Darrel la disgustaba.

Rápidamente descubrió el diseño de la casa y fue al dormitorio de la casa inmaculada. El objetivo comenzaba a salir de la cama para investigar el sonido de la puerta que se abría cuando Sandra entró. Sandra tenía el bastón de voltaje establecido en tres, y administró una descarga destinada a aturdir pero no causar mucho dolor. La mujer se derrumbó sobre la cama y Sandra se arrodilló a su lado. Tomo del bolsillo de la mujer su computadora portátil, que estaba en el soporte junto a la cama, y la ayudó a sentarse.

"No queremos lastimarte. Así que seguirás nuestras instrucciones, o esto se convertirá en una mañana muy dolorosa."

La mujer sorprendida solo asintió.

"Todo lo que necesito que hagas es llamar al trabajo diciendo que estas enferma y no puedes ir a trabajar. ¿Puedes hacer eso?"

"Si." La mujer temblorosa asintió.

Sandra le entregó computador de bolsillo, y la mujer lo tomó e hizo la llamada, durante la cual, Sandra pudo escuchar a Darrel hurgando en los cajones de la cocina. Ella conocía sus formas retorcidas y no tenía intención de dejar que torturara a la mujer.

Tan pronto como la mujer colgó, Sandra colocó el bastón en el pecho de la mujer y presionó el botón nuevamente. Ahora estaba en su configuración máxima de veinticinco. Ella murió instantáneamente y sin dolor.

Cuando Sandra guardó el bastón, Darrel entró en la habitación con un gran cuchillo de carne.

"¿Qué? ¿Ya está muerta? ¡Estaba planeando divertirme con ella!" Darrel dijo, la decepción evidente en su voz.

"Relájate. Todavía te divertirás mucho."

Sandra se alegró de que la mujer viviera sola. De lo contrario, esto habría sido mucho más complicado.

Sacó un pequeño estuche de su bolso y sacó el bisturí láser del interior. Giró el brazo derecho de la mujer muerta para que la superficie anterior mirara hacia arriba, y luego palpó la carne durante unos segundos, antes de encontrar lo que quería. El escalpelo láser se iluminó con un zumbido casi indetectable, y ella ajustó el rayo láser para que tuviera un cuarto de pulgada de largo. Hizo una incisión en el brazo, de aproximadamente dos pulgadas de largo. Devolvió el escalpelo láser a su estuche y lo guardó en su bolso. Luego tomó un pequeño tubo de ensayo y presionó la incisión hasta que retiró un pequeño dispositivo del tamaño de un grano de arroz. El biochip había estado en el brazo de la mujer durante más de treinta años. Era una versión inicial, uno de los primeros millones de chips producidos. Sandra lo colocó en el tubo de ensayo, selló el mismo y lo metió en su bolso, luego se levantó y miró a Darrel.

"Haz tus cosas. Necesitan al menos un día antes de que quede claro por qué sucedió esto, así que trata de evitar que mi incisión se note de inmediato. Recuerda, ninguna evidencia se queda atrás o se lleva contigo."

"Lo sé. He hecho esto más de un par de veces antes."

Cuando Sandra salió de la habitación, dijo: "El problema es que lo disfrutas demasiado."

Ella miró por encima de su traje. Estaba libre de contaminación. Todo lo que encontró fue un poco de sangre en sus guantes. Fue a la cocina y se lavó los guantes para dejarlos tan limpios como nuevos, mientras trataba de ignorar los sonidos cortantes que provenían de la otra habitación.

Peggy Wilson se acercó a su destino: Burleson Park en Gila Bend, Arizona. Ella montaba una motocicleta Honda de veinticinco años, construida en el año 2081. Coincidentemente, ese fue el mismo año en que Peggy había nacido. Si bien los vehículos no autónomos todavía eran legales, eran cada vez menos comunes. Sabía que cualquiera que viera su motocicleta notaría que estaba bajo control manual, y eso podría destacarse. Si bien ser notado en este viaje no era deseable, era mucho menos preocupante que la idea de que un registro de un automóvil autónomo pudiera rastrear este viaje.

Peggy era un poco más baja que la mujer promedio, con cabello largo y castaño y una personalidad burbujeante. Ella era independiente y siempre trataba de sacar el máximo provecho de la vida. Este viaje fue el cuarto que hizo para encontrarse con su contacto. Si veía a alguien que no fuera el hombre que conocía como Bobby, volvería a la carretera y saldría de allí rápidamente.

Bobby reconocería la motocicleta de Peggy. Lo había llevado a todas sus reuniones, que habían estado en un lugar diferente cada vez. Incluso comentó sobre la excelente condición en la que se encontraba una moto tan vieja.

Como siempre, Peggy estaba un poco preocupada por lo que Bobby le pediría que hiciera. Cada vez que se encontraban, él quería algo más. Y cada vez, él le daba una cantidad considerable de dinero por sus problemas. Nada de esto tenía sentido para ella. Ella no le había contado nada privado. En su mayor parte, la información era benigna, y gran parte estaba disponible en uno de los muchos sitios en línea de acceso público.

Hoy se sentía más preocupada porque Bobby había insistido en que la reunión tuviera lugar hoy, a última hora de la tarde. No podía sacudir la sensación de que esto era algo diferente.

La mayor parte del dinero que había recibido de Bobby estaba a salvo en una cuenta anónima offshore que él la había ayudado a configurar. Esperaba usar el dinero para una jubilación anticipada.

Peggy había comenzado su trabajo hace poco más de dos años. Trabajó como técnico de laboratorio para una compañía llamada Argon Technologies. Afirmaban que estaban trabajando en el desarrollo de vacunas para el ganado, bajo contrato del Departamento de Agricultura. Pero ella no lo creía. Internamente, se habló de que el Departamento de Defensa estaba pagando sus facturas. Esto tenía más sentido para Peggy porque el laboratorio estaba oculto y tenía guardias armados. Además, trabajó en una instalación que contenía un entorno de riesgo biológico de nivel cuatro. Le costaba comprender la necesidad de ese tipo de precauciones para las vacunas experimentales con animales.

Se acercó al estacionamiento y vio dos vehículos en el área de estacionamiento, ninguno de los cuales parecía familiar. Pero eso no fue sorprendente, porque Bobby tenía un vehículo diferente cada vez que se encontraban.

Peggy estacionó su moto y vio cómo una pareja

caminaba hacia un automóvil que los esperaba. Cuando se acercaron, las puertas traseras se abrieron para ellos. Entraron y el auto se fue. Siguió un camino hacia el parque, pasando una zona de juegos infantiles y canchas de baloncesto. Luego vio a una persona sentada sola en una mesa de picnic aislada, lejos de cualquier otro asiento o camino.

"Hola, Bobby," dijo ella, mientras se acercaba a él.

"Peggy. Es bueno verte, como siempre." Bobby se levantó y le dio un abrazo amistoso.

Llevaba pantalones y una camisa de vestir y parecía que se dirigía a una reunión de negocios. Era de estatura promedio, y parecía ser de ascendencia anglo, con un bigote limpio y cabello corto. Tenía una cicatriz torcida en la barbilla, pero aparte de eso, no era notable. Junto a él en la mesa había una bolsa de nylon del tamaño de una mochila pequeña.

"Tengo las fotos que querías." Peggy le tendió la unidad de datos avanzada.

Bobby tomó el dispositivo y sacó una computadora de bolsillo de la bolsa. Colocó la unidad de datos al lado de la computadora. En un par de segundos, los datos habían sido eliminados del disco y transferidos a un servidor en una nación con intenciones hostiles hacia los Estados Unidos. Luego guardó en el bolsillo la unidad de datos, pero mantuvo la computadora en la mano y comenzó a presionar botones para ingresar datos.

"Ve y verifica el saldo de tu cuenta," dijo. "Veras que la cantidad acordada ya está allí."

Peggy removió su propia computadora de bolsillo de su chaqueta y se puso a trabajar en ella durante unos segundos. Ella vio que el saldo de su cuenta en el extranjero había aumentado en $ 150000.

Se guardó la computadora en el bolsillo. "Está todo ahí. Gracias."

"Peggy, has hecho un buen trabajo y tenemos una solicitud final para ti."

Esta no era la primera vez que usaba la palabra nosotros, y la hacía sentir más incómoda cada vez que la escuchaba. ¿Quiénes éramos nosotros? Él Siempre se negaba a dar detalles cuando ella le preguntaba.

"¿Solicitud final?" preguntó ella.

Ella había estado proporcionando información cada semana, a cambio de una buena cantidad de dinero. Ella depositaba cerca del salario de un año cada vez que se encontraban. Su única exigencia había sido que no le pidieran que proporcionara nada considerado confidencial.

"En el laboratorio, hay una vacuna denominada X-5207. Necesitamos que consigas un vial de eso y me lo traigas."

Peggy sintió que su piel se enfriaba y su ritmo cardíaco aumentaba. Estaba en problemas y lo sabía. Todas las fórmulas en las que estaba trabajando el laboratorio tenían un nombre en clave. La primera letra indicaba lo peligroso que era. X representaba el extremo. Bobby acababa de pedirle una muestra de posiblemente el espécimen más peligroso del laboratorio.

X-5207 era algo de lo que Peggy había oído hablar. Ella no era consciente de lo que era porque su nivel de autorización no le permitía saberlo. Sabía que era algo en lo que algunos de los investigadores del laboratorio dedicaban la mayor parte de su tiempo, y tenía a algunas personas extremadamente entusiasmadas. Muchas de las personas mayores que trabajan en el proyecto X-5207 ocasionalmente habían estado fuera del sitio para reuniones en los últimos meses.

"No tengo acceso a eso. No puedo llegar a las muestras de laboratorio. Los mantienen en el área caliente, y solo puedo ir allí para tareas específicas de limpieza, y siempre estoy supervisada."

"Ya nos hemos ocupado de eso. Mañana no habrá nadie trabajando en el laboratorio de Argon. Creo que hay una importante actualización del sistema de energía programada para las 8:00 a.m. El laboratorio se cerrará a excepción de los sistemas críticos, que estarán con energía de respaldo. Incluso los circuitos de comunicaciones estarán desconectados durante este tiempo."

Peggy sintió que un escalofrío le recorría la espalda al saber esa información. Todo era verdad y secreto. Ella participó en discusiones sobre la planificación de la interrupción y las mejores maneras de asegurarse de que todos los sistemas vuelvan a estar en línea después de que se haya completado el mantenimiento.

Se sentó en el banco de la mesa de picnic. "Eso es verdad. Sin embargo, no puedo ingresar al área del laboratorio, especialmente a la zona caliente. Todo el acceso al laboratorio está vinculado a mi biochip, y no tengo autorización."

Bobby sonrió y asintió. "Vamos a darte un nuevo biochip que te permitirá acceder."

"Si reemplazas mi biochip, ¡no podré hacer nada! No puedo hacer compras, llamar a un automóvil o incluso entrar a mi apartamento," dijo Peggy, la ansiedad en su voz aumentaba.

"Relájate. Ya lo tenemos todo resuelto. No estamos eliminando tu chip actual. Te proporcionaremos una banda de aleatorización de frecuencia amplia que usará sobre su propio biochip para ocultar su señal."

Peggy hizo una pausa, dejando que toda la información se asimilara. "Cuando acepté hacer esto, dije que no proporcionaría nada clasificado. Esto va más allá de esa línea. No lo haré."

Bobby le sonrió de nuevo con una expresión divertida. Sacó su computadora de bolsillo y se la tendió para que ella lo viera. La pantalla mostraba todas las compras que había hecho con el dinero que él le había dado. Compras que nunca debería haber podido pagar. También mostró un registro de todos los depósitos realizados en su cuenta en el extranjero y los retiros que había realizado. Las imágenes también incluían toda la información que le había dado a Bobby durante los últimos meses, incluidas las imágenes que había proporcionado hoy.

"¿Tiene alguna idea de lo que los tribunales le harían a alguien que intencionalmente tomó toda esta información de un laboratorio secreto financiado por el gobierno y se la entregó a alguien a cambio de dinero?"

Peggy no sabía la respuesta exacta a esa pregunta, pero sabía que enfrentaría años de prisión. Se sentó en silencio, demasiado aturdida para decir algo o incluso para limpiar las lágrimas que corrían por su rostro.

Finalmente, miró a Bobby y lo vio ingresar datos en su computadora.

"Todavía no funcionará," dijo Peggy.

"¿Por qué no?"

"Una vez que se den cuenta de que falta el X-5207, revisarán los datos de la computadora y descubrirán que fui yo. El falso biochip podría meterme, pero eventualmente lo resolverán."

"Muy cierto. ¿Recuerdas cuando nos conocimos? Me dijiste que tu sueño era ahorrar suficiente dinero para poder retirarte al Caribe y vivir en un barco."

"Recuerdo."

"Toma tu computadora y mira tu cuenta de nuevo."

Sintiéndose confundida, Peggy la sacó y comprobó su saldo en offshore. Había aumentado en $ 5 millones.

"No entiendo. ¿Qué significa esto?"

"Eso es $ 5 millones más en su cuenta. Cuando me entregues el X-5207, agregaré $ 10 millones adicionales. Eso será más que suficiente para que te jubiles en el Caribe. También reemplazaremos tu biochip real con uno que tenga una nueva identidad para ti."

"¿Entonces mis opciones son hacerme rica y retirarme, o ir a prisión?"

"Si. Esas son las dos opciones." El sacó dos artículos de la bolsa.

Una era una jeringa que contenía el nuevo biochip, que era aproximadamente del tamaño de un grano de arroz. La otra era una banda ancha hecha de malla de tela elástica.

"Desliza esta banda sobre su antebrazo derecho y el chip en tu brazo no podrá comunicarse. Si necesita usar tu chip, coloque la banda sobre el brazo izquierdo donde voy a inyectar este nuevo chip. Le permitirá acceder a todas las áreas del laboratorio."

"¿Cómo obtuviste un biochip que tiene acceso al laboratorio?"

"Podría decírtelo, pero en cambio solo diré que hay algunas cosas que es mejor que no sepas."

Peggy extendió su brazo izquierdo, preguntándose qué significaba la última declaración, y Bobby insertó la aguja.

21

Todavía estaba oscuro afuera cuando Peggy Wilson salió de la cama. Su asistente virtual la despertaría en otra media hora, pero ella no había dormido y no podía soportar mirar el techo por más tiempo. Se levantó de la cama y se dirigió a la ducha. Mientras se bañaba, se aseguró de mantener la banda de malla transparente en su brazo izquierdo. Bobby le había advertido que no permitiera que el nuevo biochip se comunicara con nada hasta que estuviera lista para ello.

Después de bañarse y vestirse, sacó la bolsa de viaje más grande que poseía y la llenó con todas las cosas que más importaban. No estaba segura de cuándo partiría para el Caribe, pero asumió que sería poco después de la reunión donde entregaría el X-5207 a Bobby.

Peggy miró alrededor de su acogedor departamento. No era muy grande, pero a ella le había gustado. Desafortunadamente, después de que termine hoy, no podría pasar otra noche allí. O estaría camino a la jubilación de sus sueños, o estaría huyendo de la seguridad del laboratorio y las autoridades.

Sentada en el sofá, sacó un libro de su biblioteca electrónica. Era uno que había comprado hace varios años y tenía información sobre las islas del Caribe. Ella planeaba comenzar en St. Thomas y conseguir un bote. Luego pasaría unos años explorando la mayoría de las otras islas.

Por mucho que lo intentó, no pudo dejar de pensar en su dilema y, finalmente, dejó el computador de bolsillo que mostraba el libro. Bobby había hecho un excelente trabajo al atraparla. Ahora sospechaba que toda la otra información que había tomado para él no tenía sentido. Se trataba de meter sus garras en ella para que no tuviera más remedio que aceptar obtener la muestra. Por mucho que intentó pensar en una salida, no creía que fuera posible. Tendría que ver esto hasta el final y esperar lo mejor.

Después de otra media hora caminando por el departamento, salió y se subió a su motocicleta. Por lo general, tomaba un automóvil para ir a trabajar, pero iría directamente a ver a Bobby después de adquirir la muestra.

Era una cálida mañana de verano en el desierto de Arizona, y el sol estaba saliendo por el horizonte. Peggy arrancó la motocicleta y salió del estacionamiento de su departamento. Se detuvo en una carretera que ya se estaba llenando de autos que llevaban a sus pasajeros al trabajo. Al detenerse en un restaurante de comida rápida, le sirvieron un sándwich de desayuno y café. La taza de café entró en el portavasos incorporado, y ella activó la conducción automática. Si bien no es totalmente autónoma, la motocicleta podría hacer la mayor parte del trabajo. El GPS sabía a dónde iba, y el uso de la conducción automática también activó el sistema de estabilidad de la moto. La motocicleta no se volcaría ahora, incluso si ella intentara hacerlo. Rara vez montaba así, y prefería disfrutar de tenerla bajo su control. La única excepción era cuando ella comía.

Soltó el manillar y la motocicleta se hizo cargo. Se concentró en su comida y descubrió que la galleta estaba empapada y el jamón frío. Aun así, cerró los ojos y trató de relajarse y comer. Los abrió de nuevo cuando escuchó un pitido. El sonido la alertó de que la moto estaría girando. Si bien la motocicleta no se volcaría, ella podría caerse si no estuviera lista para una maniobra inesperada.

Cuando terminó de comer, retomó el control manual para el último tramo del viaje. Había salido de la carretera y estaba en un camino de tierra estrecho. No hubo signos de personas en varios kilómetros. Solo desierto y la señal ocasional de advertencia contra la transgresión. Finalmente, llegó a una barrera en ruinas que bloqueaba el camino. Cualquiera que no lo sepa mejor pensaría que se trata de un obstáculo abandonado de hace cincuenta años o más. Cuando la motocicleta se detuvo a cinco pies de esta, los sensores ocultos en la barrera leyeron el biochip en su antebrazo, y toda la barrera se deslizó fuera del camino, abriéndole un camino. Al mismo tiempo, el sistema de seguridad electrónico transmitió una señal a los guardias que estaban a unos cien metros de la barrera. Esto les informó que se acercaba una motocicleta con Peggy Wilson. Dado que el conductor había sido identificado y aprobado en la puerta, los guardias simplemente la saludaron mientras se acercaba y pasaba rápidamente.

Continuó otra milla por el camino de tierra hasta que llegó a un gran edificio de almacenamiento que parecía haber sido abandonado durante muchos años. Había una gran área de estacionamiento de tierra vacía en el frente. Ella desmontó y entró en el edificio. Cuando pasó por la puerta, un sensor leyó su biochip, y una sección de la pared se abrió, revelando un elevador que tenía sus puertas abiertas y esperándola. Entró y descendió cuarenta pies en las instalaciones de Argon Technologies. Por lo que había escuchado, este sitio y algunos de los edificios subterráneos existentes habían sido parte de un silo de misiles nucleares más de cien años antes.

Cuando el ascensor llegó al nivel 4, Peggy caminó por el estrecho pasillo reforzado de hormigón y luego giró a la izquierda, hacia su estación de trabajo.

"Asistente, ¿el mantenimiento de energía aún está programado?"

Una pequeña caja en su escritorio respondió: "Sí, señorita Wilson. Comenzará en cuatro minutos."

"¿Cuántas otras personas hay en las instalaciones?"

"Solo uno. El jefe de mantenimiento DeCosta está en su oficina en el nivel dos."

Peggy dejó su área de trabajo y bajó por otro pasillo que conducía al laboratorio. Mientras caminaba, la mayoría de las luces del pasillo se apagaron y escuchó una voz automática que decía: "Detección de interrupción de energía. Sistemas primarios en línea. Sistemas secundarios y no esenciales no disponibles."

Peggy se detuvo y se quitó la banda de su brazo izquierdo y cubrió el biochip en su brazo derecho. Luego continuó hacia el laboratorio y levantó la vista hacia una cámara de seguridad. La luz LED que siempre brillaba verde ahora estaba oscura. Si las cámaras hubieran permanecido encendidas, ella nunca podría completar su plan.

Las puertas del laboratorio se abrieron cuando ella se acercó. Ante esto, se sintió un poco decepcionada. En parte, esperaba que el nuevo chip no funcionara. Sería una forma de salir de este desastre. Se acercó a la puerta que conducía al vestuario y ésta también se abrió para ella.

Una voz mecánica dijo: "Bienvenido, doctor Cox. Solo estamos funcionando con energía de respaldo. La mayoría de los sistemas están fuera de línea."

Cuando Peggy entró, la puerta se cerró detrás de ella. Se detuvo y se apoyó contra la pared. La doctora Elizabeth Cox fue investigadora principal en Argon. El chip en su brazo la había identificado como Cox. El temor que Peggy había estado sintiendo desde su reunión con Bobby se fue por las nubes.

Aunque distraída, Peggy logró desnudarse y cambiarse a uno de los seis trajes de riesgo biológico que colgaban en la habitación. Normalmente, ponerse un traje era un trabajo de dos personas. La segunda persona se aseguró de que todos los sellos estuvieran cerrados para que no hubiera fugas. Había visto un video de capacitación que mostraba cómo una sola persona podía ponerse el traje si era necesario, pero eso estaba en contra de los procedimientos de laboratorio.

Una vez que su traje de riesgo biológico estaba colocado y sellado, se mudó a la sala de equipos. Se subió la capucha del traje por encima de la cabeza, luego se ajustó el cinturón que colgaba de un gancho y se enchufó el traje. Todo el aire en el traje fue expulsado, y el traje, previamente holgado, se volvió ajustado. Se sentó en el banco, se puso botas especiales y luego se puso guantes desechables. De otro gancho, tomó una mascarilla y se la apretó alrededor de la cabeza, asegurándose de que el sello entre la máscara y la capucha fuera hermético. Finalmente, se puso una mochila rígida que contenía el aire presurizado que estaría respirando.

Luego salió de la sala de equipos y se mudó a la sala de descontaminación. Agarró una manguera que colgaba de su mochila, respiró profundamente por última vez y luego presionó un interruptor de la máscara para bloquear la entrada de aire del exterior. Se ató la manguera a su máscara y el aire purificado comenzó a fluir. Como se estaba mudando a la zona caliente, los escáneres simplemente se aseguraron de que la puerta de entrada estuviera completamente sellada antes de abrir la puerta en el laboratorio de riesgo biológico de nivel 4. Entró y las puertas detrás de ella se cerraron, sellándola en la zona potencialmente mortal.

"Hola, doctor Cox," dijo el asistente virtual. "Tenemos un poder limitado y muchos sistemas están fuera de línea."

Peggy se mudó al gabinete refrigerado donde se almacenaban las muestras. Ella notó que la mayoría del equipo en las superficies de trabajo estaba oscuro por falta de energía. Afortunadamente, la refrigeración fue tan intensa que todavía funcionaba.

La inteligencia en los gabinetes leyó el biochip y notó que la doctora Elizabeth Cox estaba autorizada a estar allí. Después de buscar, Peggy encontró los tres viales marcados como X-5207 y colocó uno en el mostrador junto a ella. Presionó un botón para activar el sistema robótico que manejaría la muestra mortal. No pasó nada. Sin poder, ella tendría que hacer esto a mano.

Luego localizó un vial de vidrio vacío y una botella grande que contenía solución salina estéril y un vial de vidrio vacío. Tomó una jeringa y sacó todo el contenido del vial marcado como X-5207, y lo inyectó en el vial vacío. Luego usó una jeringa nueva para eliminar la solución salina de la botella grande. Esta solución salina entró en el frasco ahora vacío marcado con X-5207, y ella devolvió este frasco marcado al gabinete del cual había venido originalmente. Con suerte, reemplazar el X-5207 con solución salina no se descubrirá antes de que ella esté fuera del país.

Ella desechó las jeringas de acuerdo con el procedimiento de laboratorio, en una ranura en la superficie de trabajo. Terminaría en el incinerador, que estaba dos niveles por debajo de este.

22

Peggy devolvió todo el equipo que usaba y luego verificó dos veces para asegurarse de que todo estaba de vuelta donde había estado cuando entró al laboratorio. Tomó el vial sin marcar y presionó el botón para abrir la puerta de la larga sala de descontaminación. Pasó a descontaminar, y la puerta de la zona caliente, ahora detrás de ella, se cerró. Entró en una alcoba marcada con *1*, y le rociaron químicos tóxicos desde tres direcciones. Lentamente giró en círculos y el rocío cubrió cada centímetro de su traje de contención. El aerosol de descontaminación mataría y eliminaría todo lo dañino que pudiera haber quedado en su traje protector. Cuando se completó la primera etapa de descontaminación, fue a la siguiente estación, marcada 2. Allí, pasó por el mismo procedimiento nuevamente, esta vez con un agente de limpieza diferente. Finalmente, fue al lugar marcado 3, donde todo comenzó de nuevo, esta vez con agua.

Peggy caminó hacia la puerta y apretó un botón, indicando que estaba lista para irse. Antes de que se abriera la puerta, se engancharon enormes extractores, reemplazando el aire en la habitación. Finalmente, la luz se volvió verde, lo que indica que podía salir. Respiró hondo, abrió el suministro de aire y se abrió la puerta.

Entró y la puerta se cerró detrás de ella. Después de quitar el paquete, el traje, las botas y la máscara, los colocó en una bolsa grande, lo selló y lo dejó caer en una tolva en la pared que transportaría la bolsa para una limpieza adicional. Los guantes entraron en otra rampa que conducía al incinerador. Una vez que esos sistemas tuvieran potencia, los guantes se quemarían, junto con las jeringas.

Entró en una de las duchas, donde se lavó durante varios minutos con jabón y champú especiales. Solo después de completar cada uno de estos pasos podría regresar al vestuario y ponerse su ropa. Después de vestirse, metió el frasco sin etiquetar en una bolsa atada alrededor de su cintura, y cuando salió del vestidor, la voz computarizada dijo: "Que tenga un buen día, doctor Cox."

Había estado tratando de apartar de su mente los pensamientos sobre Elizabeth Cox. Ellas no eran amigas. Trabajaban en diferentes niveles dentro de la empresa, pero habían disfrutado de algunas conversaciones agradables a lo largo de los años. Este comentario final del asistente renovó los pensamientos sobre Cox en la mente de Peggy.

Peggy tomó la banda de malla de su brazo derecho, la colocó a su izquierda y se dirigió a su estación de trabajo.

"Asistente, antes de hoy, ¿cuándo estaba la doctora Elizabeth Cox en el edificio?"

"Ella estuvo aquí hace dos días."

"¿Sabes por qué ella no vino al trabajo ayer?"

Después de una pausa, la voz dijo: "La doctora Cox se reportó enferma ayer y dijo que se quedaría en casa."

"Asistente, localiza la dirección de la Doctora Cox y envíala al sistema de navegación de mi moto."

"Hecho."

Peggy se dirigió al elevador y luego se dio cuenta de que no respondía debido a la falta de energía, por lo que subió las escaleras de emergencia que se alzaban unos sesenta pies hasta la superficie. Se subió a su motocicleta y la puso en marcha, activó la conducción automática y seleccionó el destino del sistema de navegación. Mientras conducía, Peggy siguió pensando en la muestra en su cinturón. ¿Qué era? ¿Qué lo hizo tan valioso que pagarían más de $ 15 millones por él? ¿Quiénes eran y qué harían con él? ¿Cómo obtuvieron una copia del biochip de la Doctora Cox? ¿Era una copia?

Después de unos veinte minutos, la moto disminuyó la velocidad al entrar en una subdivisión. Peggy se hizo cargo del control manual y siguió el sistema de navegación hasta que alcanzó la dirección que se muestra en la consola de la motocicleta. Reconoció los drones de seguridad policiales. Desplegados en los bordes de la propiedad, cada uno tenía un mensaje parpadeante en su gran pantalla que decía: *No ingrese por orden policial. Escena del crimen.* Los láseres brillaron entre ellos. Si alguien entrara en la propiedad, los drones convocarían a la policía.

Peggy detuvo su vehículo en la acera y miró los LED parpadeantes en los drones. Ella desmontó la motocicleta y miró la casa. No tenía idea de lo que había sucedido aquí, pero sabía que estaba relacionado con el problema en el que se había metido con Bobby.

Oyó un automóvil que se acercaba desde la dirección en la que había venido. Lo miró y vio que era solo un robotcar. Miró de nuevo cuando el auto disminuyó la velocidad y se detuvo a su lado. La ventanilla trasera bajó y una mujer oriental de mediana edad la miró.

"¿Conocías a Elizabeth?" preguntó la mujer.

"Trabajamos juntas."

"Qué cosa tan terrible ha sucedido. Este es siempre un barrio muy tranquilo."

"Todo lo que escuché fue que algo le había sucedido.

No tenemos más detalles ", mintió Peggy, esperando obtener más información.

"Fue asesinada en su casa. Escuché a la policía decir que había sido descuartizada," dijo la mujer, agradecida por la oportunidad de contar la historia.

"¿Cuándo fue esto?"

"Ayer por la mañana."

"Gracias." Se subió a su motocicleta y encendió el motor.

Cuando el auto de la mujer se movió, Peggy dio la vuelta y regresó por donde había venido. Ella tomó el control manual y aceleró rápidamente. Las lágrimas corrían por sus mejillas mientras pensaba en cómo ella era responsable de esto.

"¡Advertencia! Estás excediendo los límites de velocidad de tráfico," dijo su motocicleta.

Ella lo ignoró. Siempre se sintió bien ir rápido, y ahora estaba buscando algo y sentirse un poco mejor.

Cuando la velocidad excedió ciento sesenta kilómetros por hora, "¡Advertencia! Su velocidad está en rango de peligro severo. Decelerar de inmediato."

Peggy desconectó el sistema de seguridad y continuó su aceleración, navegando varias vueltas mientras la adrenalina corría por su cuerpo. La emoción y el enfoque necesarios para conducir a esa velocidad alejaron sus pensamientos de la doctora Elizabeth Cox. Entonces el biochip en su brazo izquierdo apareció en su mente y se dio cuenta de que el chip de la mujer muerta todavía estaba dentro de ella. Bajó la mirada hacia su brazo izquierdo mientras el horror se hundía.

Peggy volvió a concentrarse en la carretera cuando apareció un camión que se acercaba y comenzó a pasarla. Ambos vehículos estaban en sus propios carriles, pero la apariencia del camión fue repentina debido a la velocidad de la moto. Ella instintivamente se apartó un poco y la acera estaba a solo unos centímetros de distancia. Se corrigió en exceso, volviendo a la izquierda y perdió el control.

Peggy y su vehículo se separaron el uno del otro cuando ambos cayeron de un extremo a otro a través de la carretera y en el hombrillo cubierto de hierba a 185 km/h.

A medida que los huesos de su cuerpo se rompían, también lo hizo el frasco de vidrio en la bolsa atada a su cintura.

23

La ayudante del sheriff Lisa Kramer se sentó en el asiento delantero de su patrulla. Se había estacionado en el estacionamiento de la escuela secundaria local, a la sombra de un gran árbol. Hacía más de cien grados afuera, e incluso con el aire acondicionado soplando con toda su fuerza, todavía hacía calor bajo el sol del mediodía. No había otros vehículos en el lote hoy, porque era sábado.

Lisa sostenía una tortilla de atún en una mano y su bolsillo en la otra. Ella vio un anuncio de un resort en las Bermudas. Mañana a esta hora, volaría a ese resort con su esposo para su luna de miel. Se habían casado dos meses antes, pero debido a los horarios de trabajo habían retrasado la luna de miel hasta ahora.

Se había casado con Doug después de salir con él durante cinco años. Se habían conocido en la universidad y habían estado juntos desde entonces. Mañana se irían a disfrutar diez días de sol y arena. Y hoy, todo en lo que podía pensar era en las Bermudas.

"Tango-seis, emergencia," dijo el asistente virtual del automóvil, seguido de tres pitidos fuertes desde la consola.

"Adelante," respondió Lisa.

"Aproximadamente 1650 County Highway 12.

Accidente de motocicleta. El conductor posiblemente inconsciente," le informó la voz mecánica del vehículo.

Cuando Lisa guardó su almuerzo y confirmó que el sistema de navegación tenía la ubicación correcta, el vehículo ya había comenzado a salir del estacionamiento por su cuenta. Se puso el arnés en forma de Y sobre la cabeza y lo ajustó a la hebilla entre las piernas, luego agarró los dos joysticks de gran tamaño a cada lado de su asiento. Estos controlaban la dirección, la aceleración y el frenado del automóvil. El automóvil fue capaz de llevarla al accidente sin su opinión, pero la política del departamento indicó que los vehículos tenían que estar bajo control humano durante las condiciones de manejo de emergencia.

Encendió un interruptor al costado del joystick izquierdo y las luces de emergencia se encendieron y la sirena sonó, aumentando constantemente su volumen. Empujó los dos controles completamente hacia adelante y fue empujada hacia atrás en su asiento mientras el vehículo aceleraba rápidamente. Sus instrumentos le mostraron que su velocidad era de ciento sesenta kilómetros por hora, le tomaría un poco más de tres minutos llegar.

Lisa podía sentir la sensación cuando la adrenalina aumentó a través de su sistema y le encantó esa sensación. Era parte de por qué ella permanecía en la policía. Salió de una curva y su vehículo, que estaba en comunicación con múltiples satélites, le informó que estaba en una milla y media inmediatamente y que no había otros vehículos en su camino. Presionó un botón en el control manual y aumentó su velocidad en ochenta kilómetros por hora. Estaba tan concentrada en conducir que nunca notó que la consola la actualizaba con la nueva hora de llegada.

Después de aproximadamente un minuto y medio, la consola dijo: "Se acerca la escena. Comienza a desacelerar.

Lisa retiró los controles manuales y desaceleró. Podía ver dos robotcars tirados a un lado de la carretera. Sus ocupantes estaban afuera, inspeccionando la trágica escena. En unos segundos, se había detenido y estaba soltando su arnés de seguridad. Salió del vehículo y quedó impresionada de lo grande que era el campo de escombros. Las primeras partes de la motocicleta destruida estaban cerca de su parachoques, y se extendió por unos cien metros por la carretera. No fue necesario que un investigador de accidentes determinara que la motocicleta había estado yendo extremadamente rápido.

Vio al conductor tumbado boca arriba en la hierba, justo al lado de la carretera. Su cuerpo había sufrido una gran cantidad de daño en el choque. Cuando Lisa se acercó, se dio cuenta del olor a combustible derramado y escuchó el crujido de los pedazos de escombros debajo de sus botas. Se agachó y sacó un dispositivo del cinturón, presionó el extremo con dos puntas de metal contra la frente de la víctima y lo mantuvo allí durante quince segundos. Ella se levantó y miró la lectura. No hubo actividad cerebral.

Lisa presionó el pequeño dispositivo conectado a su collar y dijo: "Tango-seis."

"Adelante Tango-seis."

"SME lento NO HAY emergencia. FAL."

La comisario Kramer regresó al cuerpo. Había algo envuelto alrededor de la mano izquierda del conductor. Lo agarró y vio que era una banda de malla. El material era familiar para todos los agentes de la ley. Bandas como esta se usaban a menudo para ocultar la señal de un biochip para alguien que no quería que su identidad fuera determinada por los escáneres. A Lisa le pareció que había estado en el brazo y que había sido desprendido durante el choque.

Lisa tomó el mismo escáner que usaba anteriormente y cambió la configuración para leer biochips, luego escaneó el cuerpo, con la esperanza de identificar a la joven. Estaba más que un poco sorprendida cuando recibió dos respuestas. Si bien no era ilegal enmascarar la señal de un biochip, era sospechoso. Pero usar un biochip falso era un crimen. Sin embargo, nadie sería procesado en este caso.

Miró los dos nombres en la pantalla. El primero fue Peggy Wilson. El nombre y los datos que volvieron sobre ella no significaban nada para la comisario. Pero la segunda, Elizabeth Cox, sí. Ella había escuchado sobre ese caso. Era una víctima de asesinato, y ahora parecía que le habían robado su biochip durante el ataque. Esta llamada de accidente se estaba volviendo cada vez más interesante.

La otra cosa que llamó la atención de Lisa fue una bolsa atada a la cintura del conductor. Abrió la cremallera de la bolsa y buscó el contenido. Estaba un poco distraída mientras hacía esto, pensando en la conexión con la víctima del asesinato. Sintió algo mojado en sus dedos y levantó la mano, dándose cuenta de que debería haber sido más cautelosa. Mientras lo hacía, un pequeño fragmento de vidrio le cortó el dedo.

24

L isa Kramer se dio la vuelta en la cama. Su esposo, Doug, acababa de silenciar al asistente virtual, que los había despertado, como estaba previsto. Por lo general, se habría levantado más temprano, emocionada de partir en su viaje a las

Bermudas. Pero hoy solo quería darse la vuelta y volver a dormir. Le dolía la cabeza y pensó que incluso podría tener una fiebre leve.

Esperó hasta que escuchó a Doug salir de la ducha y luego se obligó a levantarse. Al principio se sintió mareada, pero eso desapareció casi de inmediato. La nueva novia tomó algunos medicamentos para el resfriado y la fiebre con un puñado de agua que sacó del lavabo del baño. Luego, para asegurarse de no olvidar, Lisa puso el resto de las píldoras en su bolso de mano antes de meterse en la ducha.

Después de secarse, se quitó y tiró el vendaje húmedo que cubría la cortada que había recibido en su dedo el día anterior. Decidió que tal vez se sentiría un poco mejor y se obligó a moverse. No había forma de que hubiera dejado que una enfermedad menor arruinara sus planes de luna de miel. Se vistió con un atuendo informal que sería cómodo para viajar, y descubrió que Doug ya tenía su equipaje junto a la puerta y le ofreció una taza de café cuando bajó las escaleras.

"Cariño, ¿te sientes bien?" él preguntó. "Te ves un poco maltratada."

"Creo que me está ocurriendo algo. Tomé algunas medicinas. No te preocupes Esto no interferirá con nuestro viaje."

"Está bien, avíseme si hay algo que pueda hacer."

"Trataré de dormir un poco en el avión, y con suerte me sentiré mejor."

A las 7:00 a.m., un automóvil se detuvo en la acera frente a su modesta casa ubicada en una urbanización de clase media. La pareja salió de su casa y se acercó a la puerta trasera abierta del vehículo, que se había abierto para ellos.

Una voz computarizada desde el interior del automóvil dijo: "Estoy aquí por Lisa y Doug Kramer."

"Somos nosotros," dijo Doug. "Por favor abra el maletero."

Cuando se abrió la cajuela, Lisa subió al auto, y Doug cargó el equipaje antes de entrar. Cuando entraron, el vehículo los escaneó, y se confirmaron sus identidades y se recibió la información de pago.

"¿Ha cambiado su destino, Sr. Kramer?"

"No. Aeropuerto."

Doug rodeó a su nueva esposa con el brazo y sostuvo y consoló a la mujer enferma. Mientras lo hacía, inhaló repetidamente parte del aire que ella exhalaba. El nunca sospechó que dentro de cuatro días, estaría muerto. Irónicamente, Lisa Kramer, quien eventualmente sería conocida como paciente cero, la primera persona infectada, sería uno de los 16 por ciento de los infectados que sobrevivirían.

Lisa durmió durante cuarenta minutos en coche hasta el aeropuerto. Cuando llegaron, ella se sintió peor pero se obligó a seguir adelante. Toda la información de boletos y tarjetas de embarque se escaneó directamente de sus biochips. Había una pequeña etiqueta electrónica en cada pieza de su equipaje que unía el equipaje directamente con el propietario. La aerolínea escaneará cada maleta y el destino previsto del propietario, la información de contacto, la dirección y la ubicación actual estarán disponibles.

Doug colocó cada pieza de equipaje en una cinta transportadora y observó cómo se retiraba, con suerte, para encontrarlos en su destino. La seguridad fue lenta ese día, y cada pasajero esperó su turno para caminar a través del conjunto de escáneres. Las personas se agruparon, todas se acercaron bastante, durante el proceso, y más de veinte personas pasaron a menos de tres pies de Lisa.

Tan pronto como la pareja fue despejada por seguridad, se dirigieron a la puerta, donde un agente los escaneó nuevamente para verificar que estaban en el área correcta. En el poco tiempo que estuvieron en su aeropuerto local, Lisa logró infectar a doce empleados del aeropuerto y cincuenta y seis pasajeros. También había cuatro personas que se infectarían mientras viajaban en el robotcar que había transportado a los Kramers esa mañana.

De los doce empleados del aeropuerto infectados, nueve de ellos irían a trabajar mañana, donde infectarían a otros seiscientos setenta y cuatro pasajeros que llevarían la infección X-5207 aún más. Sin embargo, ese no fue el problema más importante.

Lisa y Doug tuvieron una escala de dos horas en Atlanta antes de su vuelo a las Bermudas. Lisa trató de dormir, pero estaba inquieta. Finalmente no pudo soportar estar sentada más tiempo y se puso de pie.

"¿A dónde vas?" Doug dijo.

"Solo necesito estirar las piernas. Espero que moverse un poco ayude."

"¿Quieres que vaya contigo?"

"No, estoy bien. Regresaré en unos minutos."

"Está bien, no tardes demasiado. Necesitas ahorrar tus fuerzas."

Lisa se alejó del área de embarque y bajó por el vestíbulo. Había una gran multitud reunida junto a la puerta vecina. Había un avión comenzando a abordar, y esta multitud estaría en el próximo vuelo que saldría de esta puerta. Los reunidos estaban esperando que los asientos en el área de embarque estuvieran disponibles.

Cuando Lisa pasó a través de la multitud, escuchó a algunos niños hablar sobre cómo se dirigían a un gran parque de diversiones y llegarían a los juegos hasta altas horas de la noche. Estaban emocionados y discutían todo lo que querían hacer mientras estaban allí. Poco sabían los niños que su presencia en ese parque, ahora que estaban infectados, contribuiría significativamente a acelerar la propagación de la enfermedad.

Después de atravesar la multitud, Lisa se detuvo en una tienda, fue al refrigerador y sacó dos botellas de agua. Ahora estaba agotada y quería descansar de nuevo. Se dirigió hacia la puerta, donde un escáner leyó su biochip y tomó su pago por el agua.

Durante su tiempo en Atlanta, Lisa infectó a 362 personas. Además de los que se dirigieron al parque de atracciones, también se encontró con muchos que viajaban internacionalmente. Si bien los infectados no serían contagiosos durante doce horas, muchos de ellos viajaban por trabajo y regresarían a través de Atlanta y otros centros.

Uno de los logros clave de Argon Technologies fue reducir el período entre la infección y el contagio. Habían tenido bastante éxito.

En tres días, las infecciones por X-5207 habían estallado en dieciocho países. Y dentro de una semana, solo había cuatro naciones que no tenían ningún caso documentado de la enfermedad.

25

El avión aterrizó en el aeropuerto internacional de Wade en la parroquia de St. George en la isla de Bermudas. Para la mayoría de las doscientas treinta personas en el avión, el viaje pareció tranquilo. Poco sabían que mientras estaban sentados en sus asientos, estaban siendo atacados a nivel microscópico y se les había dictado una sentencia de muerte a todos menos a cuarenta y dos. Además de los dos miembros de la tripulación de vuelo, asignados a la parte trasera del avión, solo otras siete personas notaron que había algo mal con la mujer en el asiento 31D.

Lisa durmió durante la mayor parte del viaje, ni siquiera despertó para el servicio de bebidas. Cuando el avión aterrizó, Doug la ayudó a ponerse de pie y llevó su bolso cuando ella salió del avión por su propia cuenta. Cuando llegaron al reclamo de equipaje, ella se sentó, demasiado cansada para pararse, mientras Doug esperaba escuchar sus nombres.

"Doug y Lisa Kramer, carrusel 94," anunció el sistema, y Doug se acercó a una fila de correas de equipaje.

Le recordaron los casilleros de gran tamaño de la escuela secundaria. Fue al carrusel con su número para recoger sus maletas. Cada juego de equipaje estaba encerrado en una jaula de acero que se elevaba desde el piso hacia el carrusel numerado. La jaula de acero permaneció cerrada hasta que se detectó el biochip de Doug. A su alrededor, otros estaban recogiendo sus bolsas mientras se levantaban en su lugar. El sistema anunciaba nombres y números de carrusel cada dos segundos, en una variedad de idiomas según la preferencia en la reserva de la aerolínea.

Doug sacó sus maletas y, tan pronto como se cerró la puerta, la jaula cayó al suelo. Cuando regresó con Lisa, había aparecido otro juego de equipaje en el carrusel 94, y se anunció otro nombre, esta vez en alemán.

Doug estaba tan preocupado que no se dio cuenta del anuncio del compartimento de equipaje que anteriormente era suyo. En cambio, se centró en su nueva novia. Había conocido a Lisa durante muchos años y la había visto enferma varias veces, pero nunca así. El sudor empapaba su cuerpo y estaba mortalmente pálida. Durante el vuelo, había desarrollado una tos profunda y ruidosa. Y parecía concentrarse mucho en mantenerse erguida en el banco.

"Cariño, ¿estás bien?"

"Por supuesto." Lisa respondió, poniéndose de pie inestablemente.

"Creo que deberíamos llevarte a un hospital. Estás empeorando."

"No." Ella respondió con firmeza. "Solo llévame al resort. Dormir un poco junto a la piscina y me sentiré mejor."

Doug aceptó de mala gana. Podría haber presionado más para llegar al hospital, pero también quería descansar. Había tenido dolor de cabeza desde que se bajó del avión y se sentía exhausto.

Ayudarla a la sala de espera de taxis mientras tiraba su equipaje fue un desafío para él. Solo esperaron unos minutos por un taxi, y Doug se sorprendió al ver que era un vehículo mucho más antiguo. Incluso había un conductor para el automóvil, que los ayudó con sus maletas, y Doug ayudó a Lisa a subir al asiento trasero para el viaje de veinte minutos al complejo. En el camino, Doug abrazó a su esposa y observó al conductor. La última vez que había estado en un automóvil con conductor, era un niño. Fue interesante ver a alguien operar el vehículo.

"Bienvenido a Bermudas. Me llamo Abnon ¿Vienes de los Estados Unidos?" El conductor preguntó.

"Sí, de los Estados Unidos," respondió Doug, esperando que el conductor no fuera demasiado hablador.

"¿Es esta su primera vez aquí?"

"Si. Estamos aquí en nuestra luna de miel."

"Oh, luna de miel. Felicidades. Parece que volar no le gusta a su nueva novia."

"Gracias. No, ella no se siente muy bien."

"Estoy seguro de que con un poco de sol y diversión, volverá a ser ella en poco tiempo."

"Yo espero que sí."

Doug se relajó cuando la conversación se detuvo por unos minutos.

Desafortunadamente, se reanudó cuando entraron en una carretera.

"A la mayoría de las personas de los Estados Unidos les resulta extraño verme conducir. Ya no tienen automóviles con conductores, ¿verdad?"

"Así es. Los autos con conductores son muy poco comunes en los Estados Unidos."

"Hemos estado cambiando lentamente. Estamos entre diez y quince años detrás de usted. Alrededor del setenta y cinco por ciento de los automóviles aquí están completamente automatizados. O lo que llamas robotcars. Pronto tendré que encontrar un nuevo trabajo."

Doug no quería ser grosero, pero tampoco quería

hablar más, así que permaneció en silencio y solo abrazó a su esposa enferma.

Cuando su conductor los dejó, entraron en el vestíbulo adornado, que estaba muy lleno. Muchas personas todavía estaban saliendo y aún más esperando para registrarse. Afortunadamente, el proceso de registro avanzó rápidamente. Tan pronto como Lisa y Doug se acercaron al mostrador, sus biochips fueron escaneados.

Una voz computarizada dijo: "Bienvenidos, señor y señora Kramer. Por favor, presente sus computadoras de bolsillo."

Doug sacó la suya y miró a Lisa.

Ella sacudió su cabeza. "Más tarde," dijo, en un tono débil.

Doug presentó la suya y la voz computarizada dijo: "Gracias. Las instrucciones para llegar a su habitación, junto con una lista de todas las actividades y servicios, se han enviado a su computadora de bolsillo. A partir de ahí, tendrá acceso para buscar o reservar cualquier cosa dentro de la propiedad. Estás en la habitación B16 y la cerradura de la puerta se ha sincronizado con tu biochip. ¿Tiene usted alguna pregunta?"

"¿Tiene un médico en el lugar?" Doug dijo.

"Sí, hay una médico de guardia las veinticuatro horas del día. ¿Necesitas verla?"

Lisa respondió: "No, eso no es necesario."

La terquedad era un rasgo que Doug generalmente apreciaba de su esposa, pero no hoy.

Mirando el computador de bolsillo, los guió a través del vestíbulo y hacia un camino que los llevaría más allá de la piscina principal y hacia su edificio. Mientras estaban en el vestíbulo abarrotado, pasaron a menos de veinte pies de sesenta y dos personas. No demasiado cerca, pero lo suficientemente cerca, ahora que la tos se había desarrollado.

Estaban afuera en el nivel superior, en la parte trasera del vestíbulo. Desde allí, podían ver gran parte del complejo, y la vista era increíble. Se veían magníficas palmeras y varias hermosas piscinas, con el Océano Atlántico al fondo. Doug había visto esa opinión en el folleto en línea, pero no era nada comparado con estar allí.

"Mira. ¿No es asombroso?" él dijo.

"Eh…," respondió Lisa, no interesada en la vista majestuosa.

Doug estaba impresionado con su esposa. Él no pensó que ella llegaría a la habitación, pero ella siguió adelante. La puerta se abrió cuando se acercaron, y él la ayudó a entrar, sabiendo que su equipaje llegaría pronto. La llevó a la cama y la ayudó a sentarse. "¿Quieres descansar aquí, o en la piscina?" él dijo. "Aquí," respondió Lisa, con una voz débil.

"Antes, dijiste que querías descansar junto a la piscina."

"Aquí."

"Bueno. Te pondré cómoda entonces."

"Gracias. Lo siento. Me siento tan mal."

"Lo sé. Tú duermes. Voy a buscar algo de comer."

"Bueno. Te quiero."

"Yo también te quiero. ¿Quieres que te traiga algo de comer?"

"Supongo, algo pequeño y una bebida," respondió Lisa, sabiendo que no había comido nada hoy.

"Bueno lo haré. Ahora descansa un poco."

26

Doug observó a su esposa mientras ella dormía y quería quedarse en la habitación para poder estar allí si ella necesitaba algo. Incluso consideró pedir el servicio de habitaciones. Pero él sabía que sería ruidoso y que ella no podría dormir lo que necesitaba.

Entonces el nuevo novio salió de la habitación y se dirigió al restaurante principal. Se suponía que el buffet debía estar abierto durante otra hora y media. Al cruzar los jardines, Doug estaba preocupado porque también se sentía un poco frío y más cansado. Después del almuerzo, se uniría a Lisa para una siesta.

Entró en el restaurante y se puso en línea con docenas de otros vacacionistas, sin darse cuenta de que el período de incubación había progresado hasta el punto en que él también era contagioso. Doug miró toda la comida en el extenso buffet y quedó impresionado con la variedad y cantidad. En cualquier otro momento le hubiera encantado la oportunidad de probar muchas de las opciones, pero hoy ninguna le atrajo. Al final, su plato permaneció vacío a excepción de algunas frutas tropicales.

Se sentó afuera en una silla reclinable y comió, sintiéndose decepcionado porque parecía que la comida no tenía sabor. Miró a su alrededor el hermoso resort y a todas las personas pasando un buen rato, y todo lo que quería hacer era tomar una siesta. Sin siquiera darse cuenta, se quedó dormido, despertando dos horas después. Se puso de pie, dejó su plato sobre la mesa junto a la silla de la piscina y regresó a su habitación, sintiéndose peor que antes. A mitad de camino, se dio cuenta de que había olvidado por completo traerle algo para su novia.

Cuando Doug se acercó a la habitación, la puerta se abrió para él, y cuando cruzó el umbral, escuchó la respiración áspera y trabajosa de su nueva esposa. Caminó hacia la cama y vio a Lisa acostada de espaldas y parecía aún más pálida que antes. Su respiración era dificultosa y parecía que podría haber líquido en sus pulmones.

"¡Lisa, despierta!" Él sacudió su hombro.

Ella no respondió.

Doug pudo sentir cómo aumentaba el pánico e intentó disminuirlo. "Asistente, emergencia médica. ¡Necesito una ambulancia, ahora!

Después de una breve pausa, la voz electrónica dijo: "El equipo de respuesta médica está en camino."

En solo un par de minutos, tres personas entraron corriendo a la habitación. El primero tenía un uniforme y una etiqueta con su nombre que lo identificaba como la seguridad del complejo. Otro hombre lo siguió, y él llevaba dos bolsas grandes. Su etiqueta identificativa lo identificó como un paramédico asignado al resort. La tercera persona era una mujer alta y delgada con rasgos árabes. Parecía estar en sus cuarenta y tantos años.

Ella habló primero: "Soy la doctora Krahan. ¿Qué sucedió?"

"Mi esposa ha estado enferma todo el día. Parecía estar empeorando constantemente. Solo quería dormir después de que nos registramos, y ahora no se despierta."

Mientras el médico continuaba haciendo preguntas, el paramédico sacó de su bolsa un paquete sellado que contenía dos dispositivos con forma de disco. Cada uno tenía aproximadamente una pulgada y media de diámetro. Quitó una tira adhesiva de la parte posterior de cada una y pegó una al pecho de Lisa y otra a su frente. Las luces LED comenzaron a parpadear en cada una durante varios segundos. Luego sonó un pitido, y ahora solo había una luz verde en cada uno, y parpadeaban al unísono, lo que indicaba que los dispositivos se comunicaban entre sí. El médico sacó una pantalla digital de doce pulgadas de su bolso y la activó. Cuando los datos de los dispositivos conectados comenzaron a llegar, se acercó al médico y sostuvo la pantalla para que ambos pudieran verla.

Los dos proveedores médicos se miraron el uno al otro, se comunicó un mensaje tácito.

La doctora Krahan tocó un dispositivo en su cuello y dijo: "Informe a la ambulancia del Código Uno de emergencia médica." Ella miró a Doug. "Señor, su esposa está muy enferma. Sus signos vitales son inestables. ¿Hay algo más sobre su enfermedad que puedas contarme?"

Doug negó con la cabeza, "No lo creo. Todo comenzó esta mañana cuando se despertó. Ella sigue empeorando." Mientras decía esto, se sintió mareado y tuvo que sentarse en la esquina de la cama.

"Señor. Kramer. La doctora Krahan dijo cuándo notó la aparente debilidad y palidez de Doug."

"¿Está enfermo también?"

"Creo que sí. Simplemente apareció en las últimas horas más o menos. Estoy débil, frío, adolorido y quiero dormir."

El médico tomó un dispositivo en forma de caja con una máscara y lo ató a la cara de Lisa. Lo encendió, volvió a tomar la pantalla y comenzó a ingresar comandos. El dispositivo en su rostro comenzó a zumbar y se selló alrededor de su boca y nariz. Comenzó a filtrar la mayor parte del nitrógeno, dióxido de carbono y otros gases del aire, dejando principalmente oxígeno, que empujaba con cada respiración que Lisa tomaba. Debido a la configuración que hizo en la pantalla de control, ella ahora respiraba 75 por ciento de oxígeno, en comparación con el 21 por ciento normal que estaba en el aire normal de la habitación. El leve aumento de la presión también hizo que sus respiraciones fueran más profundas y trabajó para expulsar los fluidos que se acumulaban en sus pulmones.

A medida que subían los niveles de oxígeno de Lisa, se inició una inyección intravenosa y se administraron líquidos para combatir la deshidratación que se estaba instalando.

"Mike, pásame otro juego de transpondedores, por favor," dijo el Dr. Krahan.

El paramédico miró al médico mientras sacaba otro juego de la bolsa y notó que estaba examinando al esposo de la mujer. Pronto, él también tenía los dispositivos en la cabeza y el pecho, que enviaban sus datos a la pantalla del médico.

El doctor levantó la vista de la pantalla. "Señor. Kramer, usted también está enfermo. Ambos necesitarán ser admitidos en el Hospital Monumental King Edward VII."

"¿Qué tan malo es?" Doug dijo.

"Tendremos que hacer algunas pruebas. Pero ambos necesitarán ser hospitalizados por unos días, al menos."

"Estamos en nuestra luna de miel. Se suponía que era un buen momento."

"Lo siento mucho por eso." Sacó una máscara de la bolsa médica a sus pies. "Por favor, colóquese esto."

Doug tomó la máscara y la miró, la confusión evidente en su rostro.

"Es solo hasta que determinemos si eres contagioso."

Él asintió y se puso la máscara.

"Doctora Krahan," dijo el asistente virtual de la sala, "la ambulancia está llegando."

"Entendido. Infórmeles que hay dos pacientes. Uno ambulatorio y otro no."

"Mensaje enviado."

La decisión del doctor Krahan de poner una máscara en sus pacientes evitó que infectaran al personal del hospital al ingresar. Pero más de mil doscientos pacientes entrarían al hospital para el tratamiento de los síntomas de X-5207, durante los próximos cinco días, lo que permitió que la infección invadiera las instalaciones.

Las máscaras no hicieron nada por las tres personas que respondieron a la suite de Kramers. Las muertes inminentes de Mike el paramédico y la Dra. Krahan ya estaban determinadas. El oficial de seguridad que los ayudó pasaría los siguientes cuarenta años preguntándose por qué nunca se había enfermado cuando casi todos los demás lo hicieron.

27

UNA SEMANA MÁS TARDE

Lisa Kramer abrió los ojos. Las luces de la habitación eran brillantes y dolorosas. Le dolía la cabeza y su bata estaba mojada por el sudor. Reconoció el recipiente de líquido intravenoso encima de la cama y pudo sentir dónde el catéter entró en su antebrazo. La máscara de oxígeno irritaba su rostro, por lo que se la quitó. Ese simple acto la cansó, y ella cerró los ojos para descansar.

La próxima vez que los abrió, vio a una anciana con una máscara cubriendo su rostro, mirándola. La máscara de oxígeno volvió a la cara de Lisa. La mujer sostenía una pantalla electrónica y se concentró en las lecturas que mostraba.

"Por favor, déjala," dijo Lisa mientras alcanzaba la máscara de oxígeno, su voz seca y ronca.

"Oh, estás despierta. ¡Eso es emocionante! ¿Cómo te sientes?"

Lisa podía decir que la voz pertenecía a una mujer mayor.

"Muy cansada y sedienta. ¿Puedo tomar un poco de agua?"

La mujer tenía una expresión pensativa. "Creo que sí. Realmente debería preguntarle a un médico o enfermera, pero eso no es tan fácil."

"¿No eres mi enfermera?"

"¿Yo? No. Fui enfermera aquí, pero me jubilé hace casi veinte años. Acabo de ser voluntario cuando las cosas se pusieron muy complicadas. Puedes llamarme Maggie. Creo que tu enfermera se enfermó. No estoy segura si tienes una en este momento."

Mientras Maggie hablaba, Lisa se dio cuenta de que estaba en una habitación llena de gente. Parecía ser una habitación para cuatro personas, pero fácilmente había dos veces más aquí. Algunas personas estaban en camas y otras en camillas portátiles.

"No entiendo. ¿Qué está pasando? ¿Cuánto tiempo llevo aquí? ¿Dónde está mi esposo, Doug?"

Maggie estuvo confundida por un minuto. Entonces se dio cuenta de que Lisa no estaba al tanto de lo que estaba pasando. Con tristeza evidente en su voz, le contó la horrible noticia: "Hay una enfermedad terrible que arrasa la isla. Parece que también está en muchos otros lugares del mundo. Ha habido miles de enfermos, justo aquí en la isla. La mayoría del personal del hospital está enfermo, muchos muertos. El hospital funciona con voluntarios. Creo que fuiste uno de los primeros enfermos en llegar. Su cuadro dice que ha estado aquí durante aproximadamente una semana. Tienes suerte de haber sobrevivido. En realidad, creo que eres la primera que ha mejorado tanto. Casi nadie sobrevive.

"Esto es horrible. No puedo creer que haya estado durmiendo a través de todo eso. ¿Realmente ha sido una semana que he estado aquí?"

"Eso es lo que dice su carta."

"Doug. Ese es mi esposo. ¿Está él enfermo?" Lisa estaba aterrorizada de escuchar la respuesta.

"He estado trabajando aquí durante tres días y no he escuchado nada sobre él. Lo comprobaré por ti."

Cuando Lisa despertó nuevamente, habían pasado otras doce horas. Presionó su luz de llamada y esperó más de quince minutos, antes de que un hombre alto y delgado entrara. Él también llevaba una máscara que ocultaba sus rasgos faciales.

"Hola, señorita Kramer. Soy Andrew Soy un pastor local que he venido a ayudar donde puedo."

Lisa asintió con la cabeza. "¿Sabes algo de mi esposo? ¿Está él enfermo?"

"Tu esposo se enfermó. Fue admitido al mismo tiempo que tú. Ustedes dos fueron los primeros casos de esta terrible enfermedad. Lo siento mucho, pero falleció hace cuatro días."

Lisa comenzó a llorar histéricamente. Andrew la tomó de la mano y no dijo nada. Sabía que era demasiado pronto para que las palabras fueran de consuelo. Este pastor entendió cómo la gente responde a tales noticias. Se había convertido en un experto, habiendo dado noticias similares cientos de veces en los últimos días.

Debido a su condición debilitada, Lisa pronto volvió a llorar hasta quedarse dormida. Pasarían varias horas más antes de que volviera a enfrentar la tragedia y la desesperación en que su mundo había caído.

Pasaron tres días más antes de que pudiera salir de la cama sola. Para entonces, casi no había tráfico aéreo ni militar, ya que las naciones estaban tratando de controlar la propagación de la enfermedad. Debido a esto, le resultó imposible conseguir transporte de regreso a los Estados Unidos.

Durante la semana siguiente, se quedó en el complejo ahora casi vacío y trabajó como voluntaria en el hospital. Como ya no corría el riesgo de contraer la enfermedad, no necesitaba las máscaras que usaban todos los demás no infectados.

Todos los hospitales compartían información sobre cómo combatir la enfermedad, y una tarde, Lisa fue llamada para atender una llamada telefónica.

"Esta es Lisa."

"Lisa, esta es Courtney Chelton. Estoy con los CCE en Atlanta."

"OKAY. ¿Qué puedo hacer por ti?"

Lisa estaba exhausta. Continuaba recuperando sus fuerzas, y había estado trabajando en el hospital durante las últimas catorce horas.

"Estamos trabajando para tratar de entender los orígenes de este brote. Hemos pedido a todos los hospitales que nos informen cuándo vieron a sus primeros pacientes enfermos. Según la información que tenemos del Hospital King

Edward, usted y su esposo posiblemente fueron los primeros casos documentados de la enfermedad. Fue ingresado unas nueve horas antes del próximo paciente. Ese paciente era un trabajador del aeropuerto en Arizona, en el aeropuerto del que saliste. El hecho de que haya sido el primer caso documentado y, curiosamente, también un sobreviviente, lo hace muy interesante para nosotros. Queremos enviarle varios cuestionarios electrónicos para completar. También nos gustaría que le extraigan algo de sangre. De alguna manera vamos a tener que traer esa sangre aquí para analizar. Es posible que pueda proporcionar algunas respuestas necesarias."

"Señorita Chelton, estoy más que dispuesto a cooperar. Pero estoy varada en esta isla, y no puedo obtener ninguna información sobre cuándo puedo volver a casa. Me llevas de regreso a los Estados Unidos y te daré sangre y completaré tus cuestionarios."

"Eso no es algo que pueda autorizar. Pero realmente necesitamos esta información. Podría ayudar a salvar vidas."

"Tan pronto como regrese a los Estados Unidos, ya sabes dónde encontrarme. Que tenga un buen día."

Lisa desconectó la llamada y deseó no haber sido demasiado dura. Ella realmente quería ayudar, pero necesitaba salir de esta isla. Esperemos que esto haga que eso suceda. Ella entendió que cualquier enfermedad con la que se había despertado justo antes de partir en su viaje era la causa de todo esto, y quería respuestas.

Dos días después, Lisa abordó un pequeño avión de transporte de la Fuerza Aérea de los EE. UU. Y regresó a los Estados Unidos. Su luna de miel había sido un desastre, y su esposo había muerto y ella ni siquiera tenía un cuerpo para enterrar.

28

La presidente Abby Russell entró en la Sala situacional en el sótano del ala oeste de la Casa Blanca. Cuando ella entró, todos en la habitación se pusieron de pie. Tomó asiento en la cabecera de la mesa, con el Sello Presidencial en la pared detrás de ella. "Por favor, siéntese," dijo.

Un mayordomo de la Casa Blanca colocó una taza de café frente a ella. Eran las cuatro de la mañana y acababa de desocupar este asiento cinco horas antes. Desde que comenzó la crisis, había pasado gran parte de su tiempo en esta habitación. Durante los últimos tres días, había sido la misma gente de aspecto demacrado aquí con ella. La Casa Blanca estaba encerrada. Nadie iba o venía, ya que esperaban mantener la epidemia fuera del edificio.

Alrededor de la mesa estaban sentados el Subdirector de Seguridad Nacional, el Asesor de Seguridad Nacional, el Jefe de Gabinete y el Presidente del Estado Mayor Conjunto. También se sentó con ellos Joan Marshall, quien trabajaba para el Centro para el Control de Enfermedades (CCE) en Atlanta. Los CCE la habían asignado para ser el enlace de la Casa Blanca durante la crisis. Ella había llegado justo antes de que el cierre entrara en vigor.

En el banco de monitores en el extremo opuesto de la mesa del presidente había cuatro personas en las pantallas. Se habían conectado remotamente a la reunión. El primero fue Kobe Richards, Director de Seguridad Nacional. No pudo llegar a la Casa Blanca antes del cierre. También en una pantalla estaba el general Dwain Peck, director del Instituto de Investigación Médica de Enfermedades Infecciosas del Ejército de los Estados Unidos (USAMRID) ubicado en Fort Detrick, Maryland. Las últimas dos pantallas fueron ocupadas por la Dra. Evelyn Baxter, Directora de los CCE, y la última persona era nueva en estas reuniones y parecía estar nerviosa.

"¿Cuál es el estado actual?" dijo el presidente Russell.

"No hay muchos cambios," respondió la jefe de los CCE.

Como Directora de los CCE, la Dra. Evelyn Baker, una mujer afroamericana alta y delgada, siempre estaba segura y bien equilibrada. Por lo general, era la persona más inteligente en la habitación, y todos lo sabían. Hoy, en la pantalla de video, parecía demacrada y derrotada.

"El brote todavía se está extendiendo como un incendio forestal," dijo. "Ahora se ha reconocido oficialmente como una pandemia global. Estamos en el día diez desde que se informó el primer caso. Solo recapitulando, ese era un ciudadano estadounidense que estaba de vacaciones en Bermudas. Parece que se infectó antes de viajar, y todavía está viva y mejorando. La evacuaremos de la isla hoy y la llevaremos para su examen. En este momento la estamos viendo como paciente cero. Curiosamente, ella también es una de las pocas que sobrevive. Esperamos aprender algo estudiándola."

La enfermedad se está extendiendo en todas las naciones, y hasta ahora nada ha tenido ningún efecto. Estamos obteniendo algunos datos mejores, y parece que se trata de un patógeno sintético o artificial. Parece que aproximadamente el 15 por ciento de la población tiene alguna inmunidad natural y no está en riesgo. Estamos investigando eso. Es posible que pueda ayudarnos a llevarnos a una cura. Además, alrededor del 16 por ciento de los infectados parecen superarlo por su cuenta. El resto no sobrevive".

La presidenta sacudió la cabeza. "Necesitamos resolver algo. Necesitamos adelantarnos a esto."

"Se está moviendo demasiado rápido," dijo Evelyn Baker. "Sin algún tipo de descanso, no vamos a avanzar en esto."

La sala se quedó en silencio por unos segundos cuando las noticias siniestras del director de los CCE conocieron.

"Supongo que dado que estamos aquí a esta hora temprana, ¿hay algo nuevo?" dijo el presidente.

"Sí, señora Presidenta, la hay," respondió el general Peck de USAMRIID. "Finalmente hemos identificado a qué nos enfrentamos y sabemos de dónde vino."

Esto generó entusiasmo alrededor de la mesa y en las pantallas de visualización.

Después de unos segundos, "¡Silencio!" dijo el presidente. "Que hable el general."

"Gracias, señora Presidenta. La epidemia fue causada por lo que se conoce como X-5207. Es una biotoxina sintética armada experimentalmente. Y esta es la parte inquietante: es nuestra."

El pandemonio estalló nuevamente, con todos gritando preguntas. Esta vez, el general Peck gritó a través de su línea de conferencia para hacer que todos se calmen.

"General, ¿está diciendo que esto es algo de lo que su equipo en Fort Detrick es responsable?" gruñó el presidente.

"No señora, en absoluto. Cuando digo nuestra, quiero decir que se originó en los EE. UU. En la llamada con nosotros está el Doctor Jake Dexter. Es el director de Argon Technologies. Su laboratorio es donde se originó el X-5207."

"Doctor Dexter, ¿qué es exactamente lo que hace su empresa?" preguntó la presidenta, con ira aún aparente en su voz. "Señora Presidenta, el gobierno de EE. UU. Nos contrató para investigar biopatógenos sintéticos."

"Especifique. ¿Para qué parte del gobierno de los Estados Unidos trabajan?" La presidenta preguntó.

"Señora, esa información está clasificada".

Saltando sobre sus pies, la Presidente gritó a la pantalla: "¡No está clasificada por el Presidente y el Consejo de Seguridad Nacional!"

"No, señora, supongo que no." El Dr. Jake Dexter respiró hondo. "Fuimos contratados por el Departamento de Defensa nos contrató para trabajar en biopatógenos sintéticos. Es un proyecto negro. Dudo que alguien en esa habitación con usted lo sepa."

El presidente miró al presidente del Estado Mayor Conjunto, Marcus Quimby, quien sacudió la cabeza y se encogió de hombros. El director general de USAMRIID, Peck, dijo: "¿Entonces Argon Technologies está haciendo trabajos extraoficiales para el Departamento de Defensa y está armando biopatógenos sintéticos, a pesar de que esto va en contra del derecho internacional?"

Hubo una larga pausa.

"Sí, eso es lo que estamos haciendo," admitió finalmente el Dr. Jake Dexter.

"¿Cuál fue el caso de uso previsto para este X-5207?" preguntó el asesor de seguridad nacional.

"La idea era que podría usarse contra una población enemiga para diezmarlos y eliminar su capacidad de lucha. Todo fue experimental. Que yo sepa, no había ningún plan para usarlo. Solo para tener como una posible opción."

Hubo otra pausa.

Entonces el director de los CCE dijo: "¿Cómo se soltó su experimento?"

"Hace once días, hubo un corte parcial de energía en nuestras instalaciones por mantenimiento. Un trabajador de laboratorio aprovechó la situación. Casi no había nadie en el sitio, y muchos sistemas de seguridad estaban caídos. Accedió al laboratorio y robó un vial de X-5207. Ella hizo un buen trabajo ocultando sus huellas, y no estoy seguro de cuánto tiempo nos habría llevado notar el robo. Pero cuando comenzamos a escuchar más y más sobre el brote y cómo los síntomas reflejaban lo que vimos en el laboratorio en modelos de computadora, ordené una inspección completa de cada muestra de X-5207. Fue entonces cuando descubrimos que el contenido de un vial había sido reemplazado con solución salina, y nos dimos cuenta de que el brote comenzó con nuestra muestra. Tenga en cuenta que se suponía que esto nunca saldría de un entorno de laboratorio. Fue solo para pruebas e investigación."

"Entonces, ¿cómo se conecta esto con el paciente cero?" dijo el presidente.

Joan Marshall, el enlace de los CCE y la Casa Blanca, habló por primera vez. "Señora, hemos conectado esos puntos. El paciente cero, que está hospitalizado en Bermudas, es un oficial de policía en Arizona, a solo dos ciudades del laboratorio de argón. La persona que robó la muestra murió en algún tipo de accidente de tráfico poco después del robo del arma biológica. El paciente cero fue el oficial que respondió a ese accidente. Estamos asumiendo lógicamente que ella se infectó en ese momento."

Hubo una larga pausa cuando todos digirieron la información, y luego el presidente dijo: "Doctor Dexter, usted creó la arma biológica más mortal del mundo y nunca pensó en crear un antídoto o una vacuna.

"No, señora, eso no es cierto. Tenemos una vacuna."

Toda la sala quedó en silencio.

"Ya existe una vacuna, ¡y estamos escuchando sobre esto ahora!" gritó el Director de Seguridad Nacional.

Defensivamente, el Dr. Dexter respondió: "Acabamos de completar nuestra auditoría de X-5207 hace un par de horas. Acabamos de enterarnos de que el brote se originó a partir de aquí".

"¿Cuántas dosis de la vacuna hay?" Alguien preguntó.

"Ahora hay ochocientas dosis disponibles. Hay un avión militar aterrizando en los próximos minutos para transportarlos a los CCE. También he enviado toda la información sobre cómo se produce la vacuna, a los CCE, y espero que podamos enviarla a todas las compañías farmacéuticas del planeta."

"Doctor Dexter, usted dice que hay ochocientas dosis disponibles," dijo el Director de los CCE. "¿Es eso todo lo que has producido?"

"No. Había mil dosis. Inmediatamente vacunamos lo que queda de nuestro personal, y todos están en casa vacunando a sus familiares no infectados. Tan pronto como haya terminado, regresarán aquí para que podamos trabajar en la producción de más. No tenemos capacidad de producción en masa, pero cada dosis ayudará."

"Doctor Dexter, no debería haber hecho eso. Cada dosis debería haber sido entregada. Debe haber un proceso de toma de decisiones sobre quién recibe las primeras dosis," dijo Kobe Richards, Director de Seguridad Nacional.

"Señor, me disculparé por muchas cosas, pero no por eso. Parte del acuerdo con mi personal cuando fueron enviados a casa con la vacuna, fue que regresen inmediatamente para comenzar a trabajar en la creación de más."

"Suficiente. Eso está hecho," dijo el presidente. "Haremos todo lo posible para obtener la mayor cantidad posible de la vacuna y compartir la fórmula de la vacuna con nuestros aliados. Tendremos más discusiones sobre compartirlo con todas las naciones, pero esa discusión será solo con el Consejo de Seguridad Nacional. En este momento necesito saber algo del doctor Dexter. Tenemos una vacuna para aquellos que aún no están enfermos. ¿Existe una estrategia de tratamiento o cura para los que ya están infectados?"

"Lo siento, señora Presidenta, pero no la hay. Solo la vacuna para aquellos que aún no están infectados. Estábamos empezando un tratamiento. Eso todavía está a un año o más de distancia."

29

Era otra vez temprano en la mañana, y el mismo grupo se había reunido nuevamente alrededor de la larga mesa en la Sala de Conferencias John F. Kennedy de la Casa Blanca, más comúnmente conocida como la Sala Situacional. Todos aquí habían recibido la vacuna contra X-5207, pero aún no había suficiente vacuna para el resto del personal de la Casa Blanca, por lo que el Servicio Secreto aún regulaba enérgicamente a quién se le permitía entrar. No se permitió la entrada a nadie que no hubiera sido vacunado y luego hubiera pasado veinticuatro horas sin síntomas. Todos los que ingresaron al edificio tuvieron que pasar primero por un escáner de diagnóstico que verificaba la temperatura corporal y otros factores. Cualquier cosa fuera de una línea de base normal los desvió a un área de triaje que se había establecido en los terrenos de la Casa Blanca.

"¿Cómo están las cosas esta mañana?" preguntó el presidente Abby Russell.

La directora de los CCE, Dra. Evelyn Baker, respondió. "En lo que respecta al brote, ahora estamos estimando cerca de dos mil millones de personas muertas y otros cuatro mil millones enfermos". Eso es aproximadamente la mitad de la población mundial, y todavía se está extendiendo. Todas las compañías farmacéuticas en los EE. UU. Están trabajando para replicar la vacuna, pero la producción va lentamente. Muchas de las compañías farmacéuticas están teniendo dificultades para conseguir personal. Han perdido personas debido al brote y aquellos que aún están sanos no quieren acercarse a nadie que pueda estar infectado, por lo que no se presentan a trabajar. Las compañías farmacéuticas están ofreciendo a su personal el primer lote de la vacuna para que entren a trabajar. Sin embargo, la producción sigue siendo muy lenta. La mayoría de nuestros aliados están informando problemas similares."

"Hablando de aliados," dijo el general Marcus Quimby, presidente de los jefes conjuntos, "nos estamos quedando rápidamente sin ellos. A medida que se difundió la noticia de que esta pandemia se originó en los EE. UU. en un sitio financiado por el gobierno de EE. UU., nos hemos convertido en un paria internacional. Hay protestas en casi todas las instalaciones militares extranjeras. Muchas naciones, como saben, exigen que eliminemos a todo el personal de servicio de los EE. UU. Estas naciones quieren calmar a las multitudes casi desenfrenadas que se están formando. Incluso ha habido incursiones en bases estadounidenses, y ha habido muertes. Estamos preparando planes de evacuación para cada base militar fuera de los EE. UU. Continentales para que podamos retirar rápidamente a nuestro personal si se trata de eso."

El presidente asintió, absorbiendo la noticia: "¿Qué más?"

"Una cosa más, señora," dijo el Presidente del Estado Mayor Conjunto. "Después de discutir esto, el Secretario de la Armada ordenó a todos los barcos que no han estado en puerto desde que este brote comenzó a permanecer en el mar. Esas tripulaciones están todas sanas. Hasta que podamos obtener suficiente vacuna para tratar a toda la tripulación, no queremos correr el riesgo de que se infecten."

"Buena decisión," dijo el presidente. "¿Próximo?"

El Secretario de Estado habló desde el monitor de la izquierda. Había estado viajando internacionalmente en el momento del brote y acababa de regresar a los EE. UU. Todavía no había recibido autorización médica para ingresar a la Casa Blanca.

"La decisión de no liberar de inmediato la vacuna a nuestros no aliados está resultando costosa. El retraso de cuarenta y ocho horas en la liberación de la fórmula de la vacuna a nivel mundial ha creado ira. Muchas naciones están exigiendo que despejemos nuestras embajadas. Hay disturbios en muchos lugares, y las turbas enojadas han invadido varias de nuestras instalaciones. Tenemos tres embajadas que se están quemando o ya se han quemado. Recomiendo que evacuemos a todo el personal del Servicio Exterior donde haya desobediencia civil, hasta que todo esto pase."

"Hazlo," dijo el presidente Russell. "Evacúen a la primera señal de problemas. Lo mismo para instalaciones militares en el extranjero. No quiero que nuestras fuerzas se enfrenten a manifestantes, excepto cuando sea necesario para defenderse." Mientras hablaba, sintió nuevamente la pesadez en el pecho.

Lo había experimentado varias veces en los últimos días, pero siempre desapareció en veinte o treinta minutos. No tenía tiempo para todas las evaluaciones médicas que vendrían si lo mencionaba, así que no se lo contó a nadie. Esto era una crisis y ella necesitaba estar sana. Su país necesitaba verla fuerte y en control.

"En ese sentido," dijo el Director de Seguridad Nacional, "creo que es hora de retirar la mayor parte de nuestro personal militar en el extranjero. También tenemos violentas protestas estallando aquí en casa. Tendremos que proteger a los equipos médicos que intentan inmunizar a las personas. Necesitamos tener la mano de obra y la demostración de fuerza para mantener la ley y el orden. Esta crisis ya ha abrumado a la policía local en muchas áreas."

"No podemos hacer eso sin violar la Ley Posse Comitatus", dijo el Asesor de Seguridad Nacional. "La ley prohíbe que las fuerzas militares de EE. UU. Se utilicen como fuerzas del orden dentro de los EE. UU."

"No es cierto," dijo el Fiscal General, desde otro monitor. "Primero, la Ley Posse Comitatus puede suspenderse si el Congreso está de acuerdo. Además, la Ley de Insurrección de 1807 se actualizó en 2006, y nuevamente en 2072, para permitir el uso de personal militar en suelo estadounidense en este tipo de escenario. No hay una razón constitucional o legal por la que no podamos usar las fuerzas militares para mantener el orden durante la crisis."

El Director de Seguridad Nacional asintió. "Así lo veo yo también. Necesitamos esas tropas aquí para mantener el orden y tratar de ayudar en la distribución de la vacuna."

El presidente asintió. "Comience a traer a nuestras tropas a casa, según corresponda."

"Señora Presidenta, hay un par de cosas que debo mencionar," dijo Michael Beltman, Jefe del Servicio Secreto.

"Adelante, Mike." La presidenta sonaba letárgica.

"Las multitudes que se están reuniendo fuera de la Casa Blanca y del Capitolio están creciendo y volviéndose más escandalosas. Creo que pronto tendremos que pensar en llevarlo a un lugar más seguro. Además, acabo de recibir noticias de los detalles de protección del vicepresidente. El vicepresidente está enfermo. Ahora está en cuarentena en el Centro Médico Nacional Walter Reed. Las primeras indicaciones son que es X-5207. Apenas fue vacunado anoche. La idea es que estaba infectado antes de ser vacunado."

A medida que se informaban noticias cada vez más horribles, la Presidenta se volvió cada vez más abatida. Pronto, ella solo estaba asintiendo y en silencio.

30

SEIS DÍAS DESPUÉS

El avión ultramoderno conocido como Air Force One aterrizó en una instalación militar no revelada en el centro de los EE. UU. Hubo un retraso en su partida porque el copiloto, que estaba en espera para volar, se fue a su casa enfermo.

Cuando se completó la evacuación del Presidente y su familia de la Casa Blanca, los disparos resonaron. Los agentes que portaban rifles de energía avanzada los rodearon mientras corrían hacia el avión que los pondría a salvo. Los informes que escucharon del Servicio Secreto decían que hubo múltiples infracciones en la cerca que rodeaba la propiedad. Habían salido justo a tiempo.

Al salir del Air Force One, la Presidenta y sus asesores abordaron vehículos blindados que los llevaron ciento cincuenta yardas a un complejo reforzado que serviría como centro de comando temporal. Otros agentes llevaron a la familia del presidente a un área de vivienda que había sido limpiada para la Primera Familia.

La presidenta Abby Russell tuvo su transmisión diaria en vivo a la nación en solo veinte minutos. Había comenzado a sostenerlos desde que se conoció la magnitud de la crisis. Cuando entraron en la gran sala de conferencias, todavía había preparativos en curso. La instalación de equipos de telecomunicaciones recién se estaba completando y se continuaron configurando asientos adicionales.

Todo el trabajo se detuvo y los trabajadores se pusieron firmes cuando la presidenta exhausta entró en la sala. "Por favor continúe," dijo.

Todos notaron lo tranquila y cansada que estaba su voz.

La presidenta se sentó a la mesa y sus ayudantes se unieron a ella. Habían estado al tanto de los acontecimientos durante el vuelo.

"¿Qué hay de nuevo?" preguntó. "¿Qué está pasando en DC?"

Su jefe de personal respondió: "Los alborotadores han entrado en la Casa Blanca y hay informes de incendios. Lo mismo con el Capitolio. Los militares y las fuerzas del orden están utilizando la fuerza letal para disgregar a los manifestantes, eso es lo único efectivo."

El presidente Russell comenzó a hablar y luego dudó cuando sintió que el dolor en el pecho regresaba. Ella se contuvo y continuó.

"Se suponía que el Congreso se reuniría. Tratarían de reunirse hoy para discutir mi nombramiento del senador Willard como nuevo vicepresidente. ¿Salieron todos del Capitolio antes de que entraran los alborotadores?"

"No estoy seguro, señora. Hay demasiada confusión en este momento para obtener detalles."

"Con más de la mitad de las dos cámaras del Congreso desaparecidas de la enfermedad, las que podrían tratar de estar allí para la discusión. No podemos seguir perdiendo gran parte de nuestro liderazgo."

"Estoy de acuerdo, señora. Estamos ante una verdadera continuidad de la crisis del gobierno. De los veinte sucesores del Presidente, sabemos que doce están muertos, y solo podemos localizar a tres del resto en este momento. Y son miembros del gabinete que están muy lejos."

"Bien, podemos volver a eso. ¿Dónde estamos con las vacunas para la gente?" La presidenta preguntó.

El Director de Seguridad Nacional respondió: "El último informe de los CCE dice que la mayoría de las compañías farmacéuticas de EE. UU. Están haciendo todo lo posible para producir el suero. Hasta ahora, Stoffer Medical Enterprises ha sido el más exitoso. Conoces a Brian Stoffer: supervisa personalmente las operaciones y ha puesto en marcha la producción. El problema es que no hay un buen método para transmitirlo a las personas. La mayoría del comercio interestatal se ha detenido. Nadie quiere estar lejos de casa, por lo que los camiones no se mueven. Estamos tratando de usar a los militares para ayudar. Hemos vacunado a muchas de las tropas, y desde allí, el personal del hospital y los socorristas son las principales prioridades. Nos estamos centrando en aquellos que están tratando de mantener las cosas funcionando. Los que están sublevados y en prisión están al final de la lista."

El presidente asintió. "Al menos estamos progresando un poco. Vimos el colapso de Washington. ¿Qué pasa en todo el resto del país?"

"La gente sigue enfermando. Hay cortes de energía y de Internet generalizados. Simplemente no hay suficientes personas que se presenten a trabajar para mantener las luces encendidas. El combustible es escaso en todas partes. Y luego también está el problema con los muertos. Hay personas muertas en todas partes, y como obviamente están infectadas, nadie quiere acercarse a ellas, así que simplemente se apilan y se pudren."

"Lamento interrumpir, señora Presidenta," dijo el

Jefe de Gabinete, "pero su transmisión comienza en tres minutos y todo está conectado y funcionando."

"Gracias, Donald." La presidenta se levantó de su asiento.

Miró la tableta en su mano y vio las notas que sus asistentes le habían transmitido como puntos de conversación sugeridos. Ella consideró decir algo, ya que el dolor en su pecho había alcanzado un nuevo nivel y también se disparó por su brazo. Necesitaba pasar por esta transmisión, y luego lo verificaría. Ella ya no podía ignorar esto.

La presidenta Russell se acercó al podio con el sello presidencial impreso digitalmente en la pantalla frontal. El técnico comenzó a contar desde cinco y vio que la luz verde aparecía en la cámara.

"Mis compatriotas estadounidenses," dijo Abby Russell, y luego murió de una oclusión masiva de su arteria coronaria descendente izquierda. Su cabeza rebotó en la parte superior del podio cuando se derrumbó. El ruido hueco de su cabeza golpeando la superficie de madera fue el sonido final que millones de personas vieron en vivo, escuchadas por la última persona que sirvió como Presidenta de los Estados Unidos.

PARTE III

31

AÑO 2023

El avión casi lleno aterrizó en el Aeropuerto Internacional Logan de Boston. Cuatro horas antes, había partido de Bruselas, Bélgica. A bordo se sentó un joven oficial del Ejército asignado al Comando Europeo de EE. UU. Como oficial de información junior.

Sawyer Gómez se había unido al Ejército de los EE. UU. Después de graduarse de la universidad, y había asistido a la Escuela de Candidatos Oficiales (ECO). Después del agotador programa de doce semanas, se convirtió en un oficial comisionado con el rango de segundo teniente y fue enviado a Europa para su primera asignación. Hoy fue su primer viaje a casa en dieciocho meses. Había venido a disfrutar la vida militar y las oportunidades que presentaba, pero extrañaba a sus amigos y familiares. Sobre todo, extrañaba a su mejor amigo, Devin Baker.

Esperaba pasar algún tiempo con Devin, especialmente considerando todo lo que había estado sucediendo. Devin se había convertido en una celebridad internacional, y Sawyer sabía que incluso en Europa la gente a menudo hablaba del *curandero*.

El avión se detuvo, la luz del cinturón de seguridad se apagó y todos se levantaron de sus asientos. Sawyer agarró su bolsa de mano y se dirigió hacia la puerta, que se abrió para permitir que los pasajeros salieran después de varios minutos de espera. Caminó con los otros doscientos pasajeros hacia el área de aduanas, donde tuvieron que entregar sus formularios de inmigración y presentar sus pasaportes a los funcionarios de la Oficina de Aduanas y Protección Fronteriza de los Estados Unidos para su inspección. Mientras estaba en línea, Sawyer se frotó repetidamente el lado derecho de su cuello. Había dormido la mayor parte del vuelo, y al despertar le dolía el cuello.

Después de un retraso de veinte minutos, cruzó las líneas y se encontraba en el carrusel de equipaje, donde lo esperaba su mochila grande. Lo agarró, se lo echó al hombro y salió por la puerta que tenía un letrero que decía: Transporte terrestre. En cinco minutos, un autobús de enlace se detuvo y lo recogió y lo llevó a la estación T de la línea azul. El T era el transporte público para la ciudad y sus alrededores. Esto incluía trenes de cercanías, autobuses y trenes subterráneos.

Habiendo crecido una hora y media al norte de la ciudad, Sawyer llegó a Boston regularmente y conocía el sistema de metro. Bajó las escaleras hacia la estación de metro y se dio cuenta del olor que estaba presente en todas las estaciones de metro del sistema. Era una mezcla de la creosota de los amarres del riel, y el calor y el polvo de los frenos del tren y los motores eléctricos calientes. No es desagradable, solo familiar. Él sonrió, dándose cuenta de que estaba de vuelta en casa.

Después de una breve espera, llegó el metro y realizó varias paradas hasta la estación del centro gubernamental. Allí, cambió a la Línea Verde para hacer algunas paradas más a la estación para el Centro de Convenciones Hynes.

Una vez que salió del tren, caminó hacia la escalera mecánica y lo subió al nivel de la calle. Se giró y siguió las indicaciones para la breve caminata hasta el centro de convenciones. Mientras lo hacía, nuevamente se dio cuenta del dolor en su cuello. Cuando se acercaba al centro de convenciones, Sawyer se sorprendió al ver el gran cartel para el centro de convenciones, y debajo de él, en letras grandes y brillantes, Devin Baker, con dos fechas que eran ayer y hoy.

Sawyer siguió a un par de personas hacia la entrada. La mujer parecía estar en sus treinta y tantos años y caminó con un adolescente mayor que cojeaba y estaba claramente incómodo. En el interior, había varios guardias de seguridad y varios miembros del personal vestidos con trajes o faldas. Saludaban a todos y les daban indicaciones. La mujer que Sawyer había seguido presentó su teléfono inteligente, que mostraba su boleto electrónico, y alguien le entregó un pequeño portapapeles y un formulario.

"Por favor, tenga esto lleno y listo cuando se llame a su grupo," dijo un hombre en un traje. "Estás en el grupo J, y Devin está actualmente en el grupo F. Pasarán unos noventa minutos hasta que llamen a su grupo. Te llevaré a la sala de espera del Grupo J. Hay concesiones disponibles."

Cuando los llevaron a su área de espera, una mujer bien vestida se acercó a Sawyer.

"¿Puedo ver su boleto, señor?"

Le entregó su teléfono, con el pase digital que Devin le había enviado. Ella lo tomó, pareció confundida por un segundo, y luego se dio cuenta de lo que estaba mirando.

"¡Oh! ¿Eres el teniente Gómez?"

Él sonrió. "Sí, pero por favor solo llámame Sawyer."

La mujer sacó una radio de su bolsillo y dijo: "uno-ocho, esta es Candice. Nuestro otro VIP está aquí. Lo llevaré de vuelta."

"Entendido," fue la respuesta, desde la radio bidireccional.

"Señor, si me sigue, lo llevaré de regreso al área VIP."

"Escuché al otro caballero mencionar que hay concesionarios de comida. ¿Podríamos parar allí? No he comido nada desde que salí de Bélgica esta mañana, y tengo mucha hambre."

La mujer se rio. "No quieres la comida de concesión. Hay mucha mejor comida esperándote en el área de recepción VIP. Conozco a Devin desde hace unos años, y él habla de ti a menudo."

"Crecimos juntos. Él es mi mejor amigo."

"Me dijo que eras la primera persona a la que le contó sobre su regalo."

"Eso fue hace mucho tiempo ahora. Probablemente unos ocho años. Éramos adolescentes cuando lo descubrió. Hicimos algunos experimentos para ver qué podía hacer todo. En aquel entonces, teníamos que mantener todo en secreto. Ninguno de nosotros habría imaginado letreros gigantes con su nombre en el frente de un centro de convenciones."

"Ha sido todo un viaje. Ayudé a organizar su primer evento de curación pública. Estaba muy preocupado cuando llegó el momento de revelar su gran secreto," explicó Candice.

Ella lo condujo por un pasillo dieron una curvas, luego atravesó una puerta. Se abrió en una plataforma de visualización considerable y elegante, ligeramente por encima del escenario principal. Los asistentes con esmoquin blanco estaban sirviendo comida y bebidas a las otras ocho personas que de alguna manera habían recibido tratamiento VIP.

Un hombre vestido informalmente esperaba para saludarlos. "¡Sawyer!"

Sawyer se congeló por un segundo antes de reconocer la cara de su amigo de la infancia Tony Jiffers.

"Tony! ¿Qué haces aquí?" Sawyer preguntó mientras daba un paso adelante y abrazaba a su viejo amigo.

"¿No lo sabías? Candice y yo somos los coordinadores de eventos de Devin. Organizamos todos estos viajes y vamos con él para asegurarnos de que todo funcione sin problemas. Ven mira." Tony hizo un gesto a Sawyer para que lo siguiera hasta la barandilla y pudieran mirar hacia el escenario. "Candice fue una de las primeras personas que sanó Devin. Eso fue cuando todavía estaba experimentando. Ella ha estado coordinando estos viajes desde el principio. Vine hace un año para quitarle parte de la carga."

Sawyer notó las letras gigantes de oro sobre el escenario, DEVIN, y su boca se abrió. No se parecía en nada a la sutileza en la que Devin había insistido cuando comenzaron a trabajar con sus habilidades. La impresión inicial de Sawyer fue que esto parecía algo fuera de Las Vegas.

Abajo, en el piso frente al escenario, vio a Devin sentado en una silla con respaldo alto y gente caminando hacia él. Cuando se acercaban, Devin miraba el portapapeles y luego los tocaba y observaba la expresión en sus caras. Incluso desde donde estaban Sawyer y Tony, podían ver la reacción que la gente estaba teniendo mientras se curaban sus enfermedades.

Los guardias de seguridad estaban estacionados en el piso, manteniendo a la gente en líneas ordenadas. Algunas de las personas que habían venido a ver a Devin estaban caminando, mientras que otras estaban en sillas de ruedas y algunas en camillas de ambulancia. Todos esperaban su minuto con el Hombre Sanador.

"¿Realmente solo se sienta allí mientras todos desfilan?" Dijo Sawyer.

Tony se rio entre dientes. "No, odia sentarse y generalmente camina entre la multitud. Pero después de quinientas o seiscientas curaciones, comienza a cansarse, tiene que sentarse y descansar de vez en cuando. Hicimos un gran espectáculo en Los Ángeles hace un año, y al final no pudo levantar la mano para ponerlo sobre alguien sin que ninguno de nosotros lo ayude. Desde entonces, limitamos el tamaño de los eventos y, a menudo, los dividimos en dos días".

"¿Cuántos de estos hace?"

"Intentamos hacer uno o dos lugares a la semana. A veces hacemos más si estamos en un área específica. El año pasado, comenzamos en Alemania e hicimos ocho días seguidos en diferentes ciudades europeas. Fue agotador para todos nosotros, especialmente para Devin. Hicimos algo similar hace unos meses en el este de Asia. Esa vez, hicimos seis ubicaciones en diez días. Eso fue mucho más relajante y también pudimos divertirnos un poco."

"¡Guau! Eso es una gran cantidad de viajes." Sawyer comentó.

"Cierto. Pero Devin compró un Gulfstream G550, por lo que viajamos con comodidad y no tenemos que lidiar con todas las molestias de los vuelos comerciales. Quería obtener el nuevo G650, pero hay una espera de dos años."

"Suena como una excelente manera de viajar. Entonces, ¿cómo funciona todo esto? ¿Cómo se selecciona a la gente?"

"Hacemos publicidad con tres meses de anticipación. Completan una solicitud y la envían con un cheque o número de tarjeta de crédito, por mil dólares. Tienen que enumerar su enfermedad y qué alivio esperan obtener. Si alguien quiere volver a crecer su pierna amputada, rechazamos la solicitud y le devolvemos el dinero. El resultado deseado tiene que ser algo que se pueda lograr. Si el cheque rebota o el pago con tarjeta de crédito no se borra, trituramos la solicitud y no se tienen en cuenta."

Cada solicitante puede ingresar con una persona adicional, generalmente un cuidador, cónyuge o padre. Hacen un breve video de antes y después, donde describen sus síntomas antes y después y documentamos cualquier lesión visible antes y después. De esa manera, si hay alguien que quiere recuperar su dinero, tenemos evidencia en video de que los ayudamos. Nuestro objetivo es mil cien personas curadas por día de evento. De esa manera, después de los gastos, nos queda alrededor de $ 1 millón cada día."

"Suena como si estuviera ganando dinero."

"Cierto. Pero también tratamos de hacer obras de caridad. Intentamos visitar una o más instalaciones de rehabilitación u hospitales en cada ciudad. Eso está resultando ser más difícil de lo que imaginas. Estas instalaciones obtienen su dinero de los pacientes, y si nos acercamos y curamos a muchos de ellos, eso es pérdida de ingresos. A menudo no nos quieren allí."

Sawyer y Tony escucharon que algo cambiaba en el piso de exhibición, y caminaron hacia el riel y vieron al último del grupo salir del auditorio. Devin se levantó, levantó la vista y vio a su mejor amigo por primera vez en más de dos años. Su enorme sonrisa era visible en toda la plataforma de observación. Le dijo algo al guardia de seguridad y corrió hacia las escaleras.

La radio de Tony sonó, y una voz dijo: "Devin se tomará un descanso de diez minutos, y luego comenzaremos con el grupo G."

Devin entró por la puerta del fondo y corrió hacia Sawyer, que lo recibió a mitad de camino. Se abrazaron de la misma manera que siempre, y el dolor en el cuello de Sawyer desapareció.

Devin dio un paso atrás después de sentir que algo lo abandonaba y luego regresaba.

"¿Que está mal?"

Sawyer sonrió. "Solo un cuello rígido por dormir en el avión. Pero gracias." Movió la cabeza de lado a lado, sin sentir molestias.

"Estoy muy contento de que hayas venido. ¡Es genial verte!"

"Me alegro de haber podido venir. Tienes algo

increíble aquí. Seguro que has recorrido un largo camino desde los días en que tuvimos que mantener todo en secreto."

"Cierto. Todos lo saben ahora. Oye, lamento apurarme, pero necesito volver al escenario y me muero de hambre. Comamos."

Devin los condujo a una barra de comida que tenía calentadores de comida cubriéndola y una barra de ensaladas. Al observar la selección, Sawyer quedó impresionado al ver filetes y camarones a la parrilla, papas al horno y arroz. También había algo de pasta con salchichas italianas.

Al ver la reacción de su amigo, Devin dijo: "Siempre me aseguro de que mi equipo esté bien alimentado. Por lo general, hay doce de nosotros que vamos al sitio, e insisto en que sean bien tratados."

"Bueno, esto es muy agradable." Sawyer tomó un poco de arroz en su plato, al lado de la carne y los camarones.

Los amigos se sentaron y Devin comió unos cuantos bocados.

"Tómate tu tiempo y disfrútalo," dijo. "Necesito volver al escenario. Terminaré en aproximadamente una hora y media, y luego podremos dar un paseo y hablar un rato. Hay una bonita cafetería en la calle."

"Funciona para mí."

Devin se apresuró a comer su comida y luego volvió corriendo al trabajo.

Sawyer caminó hacia la barandilla para observar cómo entraba el siguiente grupo, dirigido por Candice.

32

Sawyer observó mientras el último grupo salía del auditorio. Había sido interesante observar cómo Devin había tocado a cientos de personas y sus enfermedades desaparecieron. Desde donde estaba sentado, Sawyer no podía verlo todo, pero sí vio desaparecer las terribles cicatrices, desaparecer los cojos y las deformidades, y las personas que entraban sentadas en una silla de ruedas, alejando la silla vacía cuando se fueron. También vio a Devin recibir muchos abrazos y más que unos pocos besos.

Había una cosa que estaba notablemente ausente. En ningún momento Devin ni ninguno de los miembros del personal repartieron ningún tipo de folleto explicando que esta habilidad de curación era un regalo de Dios.

"Disculpe, señor Gómez," dijo un guardia de seguridad.

"¿Si?"

"Me pidieron que lo llevara al nivel inferior. Hay una salida trasera poco conocida que el Sr. Baker usará para irse, lo que le permite evitar las multitudes que se reúnen en el frente, con la esperanza de verlo."

"Suena bien. Vámonos." Sawyer llevó su mochila al hombro y siguió al guardia por varios pasillos y un tramo de escaleras.

Al pie de las escaleras, Devin estaba esperando. Agradecieron al guardia de seguridad y salieron por la puerta. Devin llevaba una gorra de béisbol, gafas de sol y una chaqueta gruesa que, en conjunto, le ayudaron a ocultar su rostro y su constitución."

"Esto generalmente hace el truco," dijo. "A veces la gente todavía me reconoce. Me aseguro de no alejarme demasiado solo."

"La vida de una celebridad," respondió Sawyer.

"Cierto. Tiene sus altibajos. Más altas que bajas, afortunadamente. Podemos ir a la cafetería, y luego hay un parque al lado donde podemos ponernos al día. A las 5:00 p.m., nos recogerán y nos llevarán al aeropuerto para tomar el vuelo de regreso a casa. Me aseguré de guardarte un asiento."

"Suena genial. Tony hizo que el avión sonara impresionante."

"Es. A veces todavía estoy confundido acerca de cómo terminé aquí. Aviones privados y entrevistas. Todo parece irreal."

"No lo olvides, muchos abrazos."

Devin rio, sacudiendo la cabeza. "A veces demasiados. Por lo general, es agradable, pero algunas de estas personas... pueden curarse de sus enfermedades, pero eso no significa que sus problemas de higiene estén solucionados."

Ambos hombres se rieron mientras continuaban caminando.

Entraron en la pequeña pero limpia cafetería e hicieron sus pedidos. La mujer detrás del mostrador miró a Devin con una expresión curiosa, pero no dijo nada. Una vez que los chicos tomaron sus bebidas, salieron y cruzaron la calle hacia un pequeño parque.

Mientras caminaban, Devin dijo: "Has oído todo sobre mi aventura. ¿Cómo está Bélgica?"

"¡Es genial! Bruselas es una ciudad agradable, y la

gente es amigable. He estado aprendiendo el idioma, pero casi todos hablan inglés aceptable."

"¿Qué idioma hablan allí? ¿Alemán?"

Sawyer sacudió la cabeza. "No, el idioma oficial es el holandés."

Devin asintió con la cabeza. "Hemos visitado muchos países europeos, pero aún no Bélgica. ¿Cómo es estar en el ejército? ¿Es lo que esperabas?"

"Realmente lo disfruto. Tengo muchas oportunidades y el trabajo es sobre todo interesante. Estoy considerando seriamente quedarme después de que mis primeros cuatro años hayan terminado. Y hacer una carrera militar."

"Eso es muy malo. Esperaba que trabajaras con nosotros. Estamos llegando a viajar y ver más del mundo de lo que tú incluso verás en el Ejército."

"Lo pensare. Es una idea interesante."

Los amigos entraron al parque y caminaron hacia una larga fila de mesas de picnic conectadas. Devin se sentó a un lado, Sawyer al otro, y continuaron discutiendo sobre el Ejército por un tiempo y luego Sawyer cambió el tema, "Necesito preguntarte algo, y no quiero ofenderte."

"¿Desde cuándo eso ha sido una preocupación?" Devin sonrió. "¿Qué es?"

"¿Qué pasó con el uso de tu habilidad cómo ministerio? Diseñamos el folleto para que lo entregues. No vi nada de eso hoy."

La postura de Devin se desplomó y la tristeza entró en su voz. "Ese era el plan. Inclusive tuve un nuevo diseño del folleto diseñado. Era muy agradable. Diablos, todavía tenemos cajas de ellos en la oficina. Las cosas se tornaron muy veloces. Solía decirles a todos cómo era mi habilidad de Dios. Luego comenzamos a mover a mil cien personas a la vez, y pronto me di cuenta de que había dejado de decirlo. Tenía a alguien dedicado a repartir los folletos, pero los eventos estaban tan fuera de control que siempre la llamaban para hacer otras cosas. Después de un tiempo, ni siquiera nos llevábamos los folletos porque ocupaban espacio, eran pesados y nadie tenía tiempo para distribuirlos."

Los muchachos se sentaron en silencio durante unos minutos, y luego Devin recibió un mensaje de texto.

Miró su teléfono y dijo: "El auto estará aquí en diez minutos para llevarnos al aeropuerto. ¿Terminaste con tu taza?"

"Gracias." Sawyer le entregó su taza vacía.

Devin caminaba hacia el bote de basura, cuando una luz azul neón apareció justo frente a él.

"¡Que es eso!" Dijo Sawyer.

Devin volvió la cabeza hacia Sawyer, mientras seguía caminando. No había visto la extraña luz. Comenzó a unos tres pies del suelo y creció a unos seis pies de alto y tres pies de ancho.

Devin entró directamente a esa extraña luz y desapareció.

PARTE IV

33

AÑO 2108

"¿Qué es eso?" Devin escuchó a su amigo decir.

Se giró para mirar, sin saber de qué estaba hablando Sawyer. Sawyer estaba sentado a la mesa, mirando a Devin... o tal vez frente a él. De repente hubo una breve sensación de calidez, y luego todo cambió. El parque se había ido. Estaba adentro y la iluminación era más brillante que el cielo nublado. Personas extrañas lo miraban, y dos se acercaban y lucían preocupados. Uno era afroamericano, el otro caucásico. Ambos llevaban batas de laboratorio. Todo esto se estaba registrando, Devin casi se desmaya. Estuvo toda la semana enfermo del estómago. Le dolía todo el cuerpo.

Los dos hombres lo agarraron por los brazos y lo guiaron hacia una silla que una tercera persona empujó cerca de él. Mientras estaba sentado, se le colocaron dispositivos en la frente y el pecho.

"Está bien, Devin," dijo uno de los dos hombres.

En su confusión, Devin no estaba seguro de cuál.

"Siéntate aquí y te explicaremos lo que está sucediendo. Pero primero, concéntrate en curarte a ti mismo. Por eso estás aquí."

"Quizás deberíamos darle una dosis. No se ve muy bien," dijo alguien del grupo.

"Sí, tampoco queremos perderlo," dijo otra voz.

"Aún no. No quiero interferir con su capacidad de curación." El hombre de piel oscura sostenía una pantalla digital en sus manos y continuaba girando su mirada de Devin a la pantalla y de la pantalla a la mirada. "Dale tiempo para regenerarse."

"Devin, soy el doctor Matthew Becker, y este es el doctor Brian Stoffer," dijo el hombre de raza blanca. "No vamos a lastimarte, y te explicaremos todo. Solo necesitamos que te regeneres primero, y luego podemos hablar."

"¿Qué me has hecho?" Devin dijo, con voz débil.

"Sé que esto parecerá una locura, pero estamos en el año 2108. Te trajimos ochenta y cinco años en el futuro."

Brian Stoffer dijo: "El proceso de viaje en el tiempo es extremadamente destructivo para el cuerpo, por eso te sientes tan mal. Una vez que sus habilidades regenerativas entren en acción, debería sentirse mucho mejor. Serás la primera persona en saltar a través del tiempo y sobrevivir."

Devin sintió una sensación familiar y se dio cuenta de que el dolor desaparecía y la debilidad disminuía. Pareció tomar mucho más tiempo que nunca antes de que se completara el proceso de curación. En lugar de unos segundos, la sensación de curación de su cuerpo pareció tomar unos minutos. Finalmente, el proceso terminó y Devin, aunque cansado, se sintió normal. Las personas que habían estado evitando que se cayera de la silla, retrocedieron cuando él se puso de pie.

"Devin, ¿cómo te sientes?" Dijo Brian.

"De vuelta a la normalidad, creo." Devin respondió mientras tomaba un vaso de agua ofrecido. "¿Dónde estoy?"

"Estamos en un laboratorio privado," dijo Matthew, "ubicado en lo que ahora se conoce como Región del

Atlántico Medio, Distrito Militar Seis. Lo conocerás como Virginia, a las afueras de Alejandría."

"¿Distrito militar seis? ¿Qué significa eso? ¿Por qué me trajiste aquí?"

"Lo siento por todo esto, Devin," respondió Matthew, "pero es una historia muy larga, y algo de eso probablemente te molestará."

"¿Puedes enviarme a casa?"

"Ciertamente. En este momento podría enviarte de vuelta tan fácilmente como te traje aquí. ¿Por qué no nos sigues? Vamos a pasar a una sala de conferencias que será más cómoda."

Brian puso la pantalla digital en una mesa y le dijo al grupo: "Todo parece normal ahora, pero capté algunos datos interesantes antes y durante su regeneración."

Devin miró a su alrededor. Era una gran sala llena de equipos de alta tecnología. Había un gran arco brillante en el centro de la habitación y estaciones de trabajo con equipos de aspecto extraño instalados en ellos. También había una camilla con ruedas con una sábana manchada y enrollada contra la pared. En la mesa a su lado había un recipiente de plástico. En él había un cinturón, dos pequeñas botellas de plástico, un trozo de papel arrugado y un par de pequeños dispositivos que Devin no reconoció. También había una credencial de identificación del hospital con el rostro de una mujer y el nombre de Abby Russell. Reconoció la tarjeta de identificación. Era del mismo hospital donde nació y luego realizó algunas de las pruebas de sus capacidades.

Los tres se levantaron y salieron del laboratorio y pasaron por el pasillo. Cuando pasaron por algunas ventanas del piso al techo, Devin disminuyó la velocidad para mirar hacia afuera. Era un día nublado y caía una lluvia ligera. Había vehículos y tropas militares de aspecto extraño estacionados arriba y abajo de la cuadra. Un helicóptero de combate parecía estar dando vueltas por la zona.

"¿Qué está pasando? ¿Estamos bajo algún tipo de ataque?"

"No, Devin," dijo Brian. "Este lugar es probablemente el lugar más seguro del país. Nadie puede llegar a menos de media milla de esta ubicación. Los militares lo tienen completamente bloqueado."

"¿Por qué?"

"Gracias a ti," dijo Matthew. "Ya ves, te creamos."

34

Devin dejó de caminar. "¿Qué quieres decir con que me creaste?"

"Entra aquí y toma asiento." Brian mantuvo la puerta de la sala de conferencias abierta. "Explicaremos todo." Miró a Matthew. "Comienza a contarle lo que pasó. Necesito hacer la llamada."

Devin y Matthew entraron en la habitación. Devin miró a la habitación de aspecto sencillo. No había nada en las paredes, y aparte de la gran mesa y un juego de sillas, no había nada más. Se sentía frío e impersonal.

Se sentaron y Matthew dijo: "Te contaremos todo. No tenemos ninguna razón para retener nada. Sin embargo, algo de lo que te diga podría ser un poco difícil de comprender, ¿de acuerdo?"

Devin asintió con la cabeza.

"Como dijimos, te trajimos ochenta y cinco años en el futuro. Durante los primeros ochenta y tres de esos ochenta y cinco años, las cosas progresaron como era de esperar. Hubo avances tecnológicos, cambios políticos y algunas guerras pequeñas o regionales. Estados Unidos aumentó a cincuenta y dos estados, pero básicamente fue lo mismo. Luego, hace dos años, un laboratorio en Arizona estaba investigando ilegalmente la fabricación de armas de virus artificiales para uso militar. Ocurrió un incidente y el patógeno más contagioso imaginable fue liberado al mundo."

Brian hizo una pausa y vio a Devin asentir, indicando que seguía lo que se estaba explicando.

"El patógeno eliminó cerca del 80 por ciento de la población mundial. Muchos gobiernos colapsaron, y un tercio de las naciones que existieron antes, ya no lo hacen. O están en un estado de anarquía, o una nueva nación está surgiendo de lo que queda. Aquí en los Estados Unidos, la mayoría de los líderes gubernamentales han muerto a causa de la enfermedad. El presidente y el vicepresidente están muertos. La mayoría de los que estaban en la línea de sucesión se habían ido, y muchos sobrevivieron.

La mayoría de los que estaban en la línea de sucesión se habían ido, y muchos de los que sobrevivieron se escondieron, no queriendo contraer la enfermedad. Los militares se hicieron cargo y trabajaron agresivamente para restablecer el orden. Han pasado dos años, y hay grandes áreas del país que aún no están gobernadas, sin nadie realmente a cargo. De las partes que están bajo control militar, solo el 70 por ciento tiene electricidad. Simplemente no hay suficientes personas para mantener el orden y restaurar los servicios."

Cuando Matthew terminó la historia, Brian regresó al final de la explicación.

"¿Entonces quieres enviarme de regreso a tiempo para curar a las personas de la enfermedad?" Preguntó Devin.

"No, no todos," respondió Matthew.

La respuesta sorprendió a Devin ya que esta parecía ser la explicación lógica.

"En el momento en que ocurrió este desastre," dijo Brian, "había estado trabajando en investigación médica, buscando formas de hacer que el cuerpo humano se recupere mucho más rápido. Mi problema fue que desde el momento en que se administró mi suero, parecía que podría pasar décadas antes de que se manifestara la capacidad de regenerarse más rápido." Miró a Matthew y asintió.

"Y estaba trabajando en un proceso para mover objetos de un lado a otro en el tiempo," dijo Matthew. "Mi sistema de viaje en el tiempo funcionó, pero fue destructivo para la biomateria, es decir, células vegetales y animales. Trabajamos juntos y mejoramos ambos procesos. El viaje en el tiempo sigue siendo fatal para cualquiera que lo use. A menos, por supuesto, que tengan la capacidad de sanar a nivel celular y a un ritmo mejorado. No fuiste creado para poder curar a nadie, sino simplemente para sobrevivir al viaje en el tiempo. La verdad es que nunca pensamos que podrías curar a otros. Ese es un efecto secundario no planificado, que no podemos explicar. Verá, la semana pasada llegamos al punto en que decidimos que estábamos listos para intentar esto en humanos. En los últimos días, hemos enviado un total de seis voluntarios, uno a la vez, en lo que básicamente eran misiones suicidas. Recibieron grandes dosis de medicamentos por vía intravenosa para fortalecer sus células, y retrocedieron en el tiempo. Cada uno tenía una dosis del suero para permitir una curación rápida con ellos. Sus instrucciones fueron inyectar un tema específico cuando aún era un bebé. Con suerte, a medida que esos bebés crecieran, desarrollarían la capacidad de regenerarse rápidamente y estarían disponibles para nuestros propósitos. Nuestros voluntarios que retrocedieron en el tiempo sabían que solo tendrían, como máximo, treinta minutos para cumplir su misión antes de que sus cuerpos fallaran. De los seis, dos nunca regresaron, y no parece que hayan tenido éxito en inyectar a sus bebés. Es posible que no hayan sobrevivido el tiempo suficiente para completar su misión. El número tres completó su misión y regresó, pero la habilidad de curación avanzada nunca pareció desarrollarse a medida que el sujeto envejecía. El número cuatro desarrolló habilidades de autocuración, que descubrimos al recordar los registros médicos de sus décadas. Había notas, e incluso artículos de noticias, sobre una capacidad milagrosa de autocuración. Desafortunadamente, cuando fue llevada ochenta y cinco años hacia el futuro, murió antes de poder comenzar a regenerarse. El quinto sujeto recibió una dosis doble del suero, como usted, pero murió en un extraño accidente por ahogamiento cuando era adolescente antes de que se manifestara su capacidad."

"¿Tiene sentido hasta ahora?" Dijo Brian.

"Supongo que sí," respondió Devin.

"Eso nos lleva a ti", dijo Matthew. "Número seis. Esta mañana, una mujer valiente, sabiendo que no sobreviviría, viajó de regreso al día de tu nacimiento. Ella te inyectó una dosis doble del suero que mi equipo y yo creamos. Hace dos horas, ella regresó muerta. Luego comenzamos a buscarte en línea y descubrimos que había habido un Devin Baker que vivió décadas atrás y que tenía una habilidad increíble. Capaz de curar a otros y a sí mismo. Buscamos un momento en que nuestros registros históricos indicaran que tu habilidad parecía haber alcanzado su punto máximo, y luego se te arrebató de ese período de tiempo y te trajimos aquí."

"Todo este tiempo pensé que mi capacidad de curación era un regalo de Dios."

"Lamento decirte esto, Devin, pero tu capacidad de curación es el resultado de dos experimentos científicos imperfectos que salieron de la desesperación."

Devin procesó la increíble información que había recibido.

Después de unos minutos, dijo: "¿Por qué yo? ¿Por qué me elegiste de todas las otras personas en el pasado para usar? Sé que era el número seis, pero ¿qué me puso en la lista?"

"Fue al azar. Hicimos que la computadora buscara a alguien que había fallecido pero que había vivido una vida plena. No muy lejos en el pasado, tenía que haber registros informáticos disponibles. Además, no tenía que haber nada significativo en sus vidas. No podríamos atraer a alguien hacia el futuro que supuestamente haría una contribución significativa a la sociedad."

Devin pensó por un minuto. "Entonces, eso significa que si no hubiera sido cambiado para tener esta habilidad de curación, ¿habría sido un don nadie? ¿Aportando nada a la sociedad?"

Los dos científicos se miraron el uno al otro.

"No lo diría así," dijo Matthew. "Viviste una vida decente, pero nada que fuera notable en el panorama general."

Devin dejó caer los hombros y miró al suelo. Aparentemente sin la capacidad de curación, su vida en general habría significado muy poco para la sociedad. Finalmente, dijo: "Está bien, ¿qué quieres de mí?"

"Cuando se desarrolló el desastre," dijo Matthew, "mi compañía trabajó con el gobierno civil, y luego con el gobierno militar, para producir la vacuna contra la enfermedad lo más rápido posible. Esto me dio la oportunidad de hablar con la alta dirección del país. El gobierno oficial de los EE. UU. Se derrumbó cuando murió el presidente, y no había nadie dispuesto ni capaz de hacerse cargo. Todos tuvimos la suerte de que fue el general Marcus Quimby, el ex presidente del Estado Mayor Conjunto, quien tomó el poder. Él proporcionó un liderazgo sólido en un momento en que no teníamos ninguno. Hay algunas personas que llamarían brutales algunos de sus actos, pero rápidamente terminó con los disturbios civiles y sacó el orden del caos. Afortunadamente, el hombre es un patriota rojo, blanco y azul y está decidido a restaurar el gobierno civil. No tiene deseos de gobernar más de lo necesario. Me reuní con él para discutir la producción de la vacuna, y también le conté sobre el trabajo que estamos haciendo Brian y yo. Está ansioso por ver este proyecto completado, y nos brinda seguridad y los recursos necesarios. Nuestro objetivo es retroceder en el tiempo y evitar que ocurra el desastre. Pero para hacer eso, necesitamos a alguien que pueda sobrevivir al viaje en el tiempo."

Devin los miró y pensó en todo lo que había escuchado. Fue abrumador.

Después de un minuto, dijo: "¿Es posible cambiar el pasado? Una vez leí algo que decía que retroceder en el tiempo no puede cambiar el presente."

"A lo largo de las décadas, ha habido muchas teorías, muchas ideas sobre lo que se puede hacer con el viaje en el tiempo. El pensamiento actual entre la mayoría de los teóricos cuánticos es que el tiempo es lineal y que los cambios en el pasado influyen directamente en el futuro. Algunas de nuestras pruebas básicas apoyarían ese proceso de pensamiento. Por lo tanto, lo que vuelvas y hagas será capaz de prevenir el desastre."

"¿Entonces mi misión es retroceder en el tiempo y salvar el mundo?" Devin preguntó sospechosamente.

"No. Necesitas retroceder en el tiempo y pasarle un mensaje a alguien."

35

El general Marcus Quimby se sentó en el estrecho compartimento trasero del helicóptero de transporte militar. El general, un hombre alto y de constitución poderosa, tenía poco más de sesenta años y tenía el pelo canoso. Estaba estudiando datos en una tableta delgada que era aproximadamente el doble del tamaño de la computadora de bolsillo estándar. El ayudante del general se sentó junto a él, anticipando qué información se solicitaría a continuación.

El avión ultrarrápido se dirigió hacia el espacio aéreo seguro que rodea el complejo industrial propiedad de Stoffer Medical Enterprise. Desde la pandemia mundial, esta instalación se había convertido en uno de los lugares más vigilados de los EE. UU.

Hace una hora, Brian Stoffer se había puesto en contacto directamente con el general, algo que nunca había hecho antes. Estaba emocionado de explicar que había habido una ruptura masiva en sus esfuerzos, y alentó al general a venir a sus instalaciones lo antes posible. El general había estado asistiendo a una sesión informativa en la sede militar regional del Atlántico Medio. Discutían los objetivos del próximo trimestre para devolver el poder y los servicios esenciales a varias regiones. Muchas áreas todavía se vieron afectadas por la falta de mano de obra, por lo que es casi imposible mantener las cosas en funcionamiento.

Estados Unidos ofreció tarjetas de racionamiento a cualquiera que desee emigrar. Se necesitaban desesperadamente trabajadores, y todos los mayores de quince años tenían que trabajar a tiempo completo. No hubo excepciones, y las consecuencias por proporcionar alimentos a cualquiera que no tuviera una tarjeta de empleo actual fueron duras. El problema es que la mayoría de las otras naciones también ofrecieron beneficios similares, y el transporte entre naciones era casi inexistente. La inestabilidad prevaleció en muchos países, y la ira internacional extrema hacia los Estados Unidos por su parte en la pandemia todavía estaba presente.

La mayoría de los estadounidenses acordaron que si no fuera por los movimientos audaces de Marcus Quimby para tomar el poder y restablecer el orden, la nación se habría derrumbado. Marcus esperaba que los libros de historia estuvieran de acuerdo con eso. Sin embargo, hubo algunos que no estaban satisfechos con los estrictos requisitos impuestos a todos los ciudadanos y el actual régimen militar. El general estuvo de acuerdo con esto y estaba ansioso por el regreso al gobierno civil y la elección de un presidente, que se había retrasado debido a la necesidad de restaurar los servicios esenciales. En este momento, la fuerza de los militares avanzó, esto necesitaba trabajar mucho más rápido que si no tuvieran el control.

Su objetivo personal era que se celebraran elecciones generales el próximo año. Una solución aún mejor sería si Brian Stoffer y su equipo pudieran completar este proyecto de viaje en el tiempo. Entonces todo el desastre podría prevenirse.

El general Quimby sintió el banco de aviones a la izquierda y se dio cuenta de que la velocidad del aire disminuía rápidamente. Se estaban preparando para aterrizar. Le devolvió la tableta a su ayudante, quien la devolvió a un pequeño maletín del que era responsable. Un segundo ayudante llevaba otro paquete que siempre estaba cerca del general. Hace años, se le conocía como el fútbol nuclear. Ya no se pensaba de esa manera, todavía contenía los códigos de lanzamiento nuclear y era todo lo general necesario para lanzar un ataque nuclear contra cualquier objetivo en el mundo.

Con toda la agitación y la ira en el mundo en el momento en que tomó el control del gobierno de los EE. UU., El general a menudo permanecía despierto por la noche, aterrorizado de que pudiera tener que usar esa opción.

Afortunadamente, las dieciséis potencias nucleares consideraron la pérdida de vidas adicionales como un riesgo tan alto que nadie había cruzado esa línea.

El avión se detuvo en el aire y descendió hasta que Marcus Quimby sintió que las ruedas tocaban el suelo. Después de recibir la autorización del piloto, el asistente del general abrió la puerta y dejó que el general al mando saliera del avión. Se encontró con los detalles de su Servicio Secreto, que habían llegado justo antes que él en un avión similar. A diferencia del

Servicio Secreto de los líderes anteriores de la nación, estos hombres y mujeres usaban equipo de combate completo y portaban una variedad de armas.

El general Quimby notó que Matthew Becker esperaba pacientemente justo afuera de las barreras que rodeaban la plataforma de aterrizaje del helicóptero y se dirigió al encuentro del científico.

"Buenas tardes, general."

"Matthew, me alegro de verte de nuevo. ¿Dónde está Brian?"

"¡General, lo hicimos! Trajimos nuestro tema aquí desde hace ochenta y cinco años en el pasado, y sobrevivió. Brian está con él ahora."

"¿Realmente lo hiciste? ¿Realmente funcionó?" El

general respondió, el asombro evidente en su voz. Había deseado desesperadamente que su plan funcionara, pero en realidad nunca pensó que lo haría.

"Lo hizo. Ven, puedes verlo." Matthew se volvió y condujo al general al interior.

"Matthew, mi gente aquí me informó que hay cinco cadáveres de sus experimentos esta mañana, y que su equipo pidió que los eliminaran."

"Desafortunadamente, eso es cierto. Todos menos uno de los fallecidos eran voluntarios que sabían lo que sucedería."

El general asintió. "Ustedes me advirtieron que esto podría suceder. ¿Deberíamos esperar más?"

"Probablemente no. Ahora que hemos traído a alguien aquí que puede sobrevivir al proceso, estamos casi en la línea de meta. Esperemos que este tipo, Devin, complete la misión."

Como Matthew explicó, la puerta que conducía a la instalación se abrió, activada por su biochip.

"¡Increíble! Entonces, ¿cuándo estará listo este Devin para esta misión?"

"No estoy seguro. Comenzamos a informarle después de llamarte. Tenemos que asegurarnos de que está totalmente de acuerdo y sabe lo que tiene que hacer. Brian estaba terminando un examen médico completo sobre él cuando vine a buscarte. Es posible que necesite descansar un día. Sobrevivió al salto en el tiempo, pero fue muy duro para él físicamente. Necesitamos saber que está completamente regenerado antes de que lo enviemos nuevamente."

Cuando se acercaron al elevador, las puertas se abrieron y dos agentes del Servicio Secreto ya estaban adentro. La cabina del ascensor y el área del laboratorio de la planta baja ya estaban confirmados como seguros por los agentes.

El grupo salió del elevador y se dirigió por el pasillo hacia la sala de conferencias, donde el doctor Brian

Stoffer y Devin estaban sentados charlando, y una agente femenina estaba al lado de ellos.

El general Quimby miró sus detalles de seguridad. "Vamos a necesitar algo de privacidad, por favor."

El agente principal asintió y ordenó a los demás que tomaran posiciones en el exterior de cada una de las dos puertas de la sala de conferencias.

36

Cuando los recién llegados entraron a la habitación, Brian se levantó. "Hola, general. Nos alegra que hayas podido venir aquí. Este es Devin Baker. Devin, este es el general Marcus Quimby. Es el actual comandante en jefe de lo que queda de nuestra nación."

Devin se puso de pie y estaba confundido acerca de qué decir o hacer. Nunca antes había hablado con alguien con rango militar.

Él extendió su mano. "Encantado de conocerlo, señor."

El general tomó la mano ofrecida. "Me alegro de conocerte, Devin. Por lo que escucho, podría ser la persona más importante en todo el mundo en este momento".

"Eso es lo que me están diciendo, y eso me hace sentir muy incómodo."

"Devin, ¿entiendes lo mala que es nuestra situación? ¿Hasta qué punto la pandemia ha dañado a la raza humana?" El general preguntó.

"Creo que sí. Parece que alrededor del 80 por ciento de la población fue aniquilada casi de la noche a la mañana. Me dijeron que la reconstrucción es extremadamente lenta porque no hay personas para hacer el trabajo."

"Muy cierto, Devin. Alentamos a las mujeres a reproducirse a ritmos elevados. Queremos que las familias tengan diez hijos cada una. Pero eso no ayudará hasta que los niños sean mayores. Entonces, durante los primeros quince años, empeoramos la situación. Tendremos un aumento en la necesidad de guarderías y maestros. Además, muchas de estas mujeres embarazadas estarán fuera de la fuerza laboral por una cantidad significativa de tiempo. No podemos permitirnos eso. Necesitamos mucha más gente, pero no tenemos los recursos para proveerlos. El desastre no terminó cuando la enfermedad fue eliminada. Todavía continúa ahora, varios años después."

"Entonces, la respuesta fácil es que alguien evite que ocurra," dijo Brian. "Sin embargo, hasta ahora, algo así nunca ha sido posible."

"Pero tenemos esa habilidad," dijo Matthew. "La tecnología funciona. También tenemos la única persona que puede sobrevivir al proceso de viaje en el tiempo."

"Entonces, cuando regrese, ¿qué se espera que haga exactamente?"

"Bueno, Devin," dijo el general, "no es difícil, ni siquiera peligroso. Te daré una comp de bolsillo, que me entregaras en el pasado, en una dirección que yo proporcione."

"¿Qué es una comp de bolsillo?"

El general le dirigió a Devin una mirada confusa y luego miró a los otros dos hombres.

Brian sonrió. "Recuerde, general, lo sacamos de ochenta y cinco años en el pasado. Nunca ha oído hablar de uno."

Quimby asintió con la cabeza. "Una comp de bolsillo es exactamente lo que parece. Es una computadora del tamaño bolsillo que interactúa con su biochip. ¿Sabes qué es un biochip?

Devin sacudió la cabeza y comenzó a sentirse abrumado. "No, nunca he oído hablar de eso tampoco."

"No te preocupes," dijo Brian. "Nos encargaremos de eso antes de que vuelvas. Sin embargo, un biochip es un tipo de nano chip inyectado debajo de la piel de su brazo. Te permite interactuar en línea. Cualquier cosa, desde transacciones financieras hasta la apertura de puertas cerradas. Entre otras cosas, reemplazó las tarjetas bancarias y el papel moneda. También sirve como su identificación. En nuestro tiempo, sería imposible hacer mucho de todo sin él."

"Así que me entregarán una computadora de bolsillo," dijo Quimby. "Puede ser difícil superar mi seguridad, así que te daré varios datos para ayudar con eso. Una vez que tenga toda la información del comp, evitaré que esto suceda."

A medida que avanzaba la reunión, se entregó comida y se relajaron, discutiendo planes y tiempos. La conversación había sido agradable, y Devin había encontrado que el general Quimby era bastante agradable.

Desafortunadamente, las habilidades de Devin no redujeron su necesidad de dormir. Como había pasado la mayor parte del día en el centro de convenciones, sanando a más de mil personas, estaba exhausto. El estrés sobre él de tener que curarse después del salto en el tiempo solo empeoró la fatiga. No pasó mucho tiempo antes de que necesitara excusarse de la conversación. Pero primero, quedaba una pregunta persistente.

"Necesito preguntar algo. Entiendo la situación y por qué tengo que hacer esto. Ahora, cuando llegué por primera vez, dijiste que podías enviarme a casa. ¿Cómo volveré a casa después de salvar el mundo para ti? Desde el año en que me envía, hace tres años, su tecnología de viaje en el tiempo no existirá durante varios años. Además, parece que su viaje en el tiempo solo funciona ahora porque tuvo la pandemia y esto dio el impulso a su trabajo."

La sala quedó en silencio, y los tres hombres de este período se miraron.

"Le dijimos que podríamos enviarlo de regreso," dijo Brian. "Podemos hacer eso ahora mismo. Sin embargo, si retrocede en el tiempo tres años y detiene este desastre, realmente no tendremos una manera de llevarlo a casa después de eso. Esta vez, donde existe la capacidad de moverte a través del tiempo, nunca existirá. Pudimos traer de vuelta a los voluntarios que enviamos porque no cambiaron la situación que dio origen a nuestra tecnología de viaje en el tiempo. Cuando evite la pandemia, borrará todo lo que llevó nuestra tecnología a donde está hoy. Sé que eso es confuso, y no es lo que querías escuchar."

"Creo que eso tiene sentido. Y eso es lo que pensé que sería la respuesta. Estaré atrapado en un momento hace tres años," dijo Devin con desánimo en su voz. Después de un momento para pensar, dijo: "Déjame ver una de esas computadora de bolsillo. Muéstrame cómo usarlo."

Matthew levantó el suyo de la mesa, lo encendió y lo deslizó hacia Devin. "¿Qué es lo que quieres hacer?"

"Quiero hacer una búsqueda en mí mismo y ver qué pasó después de que desaparecí."

"Después de que te inyectaran mi suero," dijo Brian, "nosotros buscamos eso. Continuaste haciendo tus eventos curativos durante muchos años. Pero durante los últimos veinte años de su vida, Devin se retiró a una villa remota en Francia y vivió sus últimos días en un relativo aislamiento, solo ocasionalmente aparecía cuando alguien prominente estaba enfermo o herido. Puede sanar de una lesión y enfermedad, pero el proceso normal de envejecimiento no se detiene para usted."

Matthew sacudió la cabeza. "Eso no es lo que él

quiere decir. Eso fue lo que sucedió porque le inyectamos y le dimos la capacidad de curación. Pero todo cambió cuando lo trajimos aquí. Esa versión de la historia ya no existe."

Devin asintió y descubrió que estas múltiples versiones de la historia tenían sentido para él, de una manera extraña.

"Exactamente." Tomó el comp de bolsillo y comenzó a ingresar su solicitud.

La interfaz estaba lo suficientemente cerca de un navegador web de su tiempo que rápidamente descubrió cómo usarla. La actuación fue impresionante. No hubo ninguno de los retrasos que habría experimentado en su viejo teléfono inteligente.

Devin cambió de una noticia a otra. El primer titular de ochenta y cinco años en el pasado decía: *El hombre sanador desaparece*, seguido de otro que decía: *La misteriosa desaparición de Devin Baker*. Hubo varios otros con títulos similares. Él le dio una mirada. Luego, otro título llamó su atención: *se ha hecho un arresto en el caso Devin Baker*. Seleccionó el artículo.

El segundo teniente del ejército de los Estados Unidos, Sawyer Gómez, ha sido detenido y está siendo interrogado por la desaparición del famoso sanador, Devin Baker. Es cierto que Gómez fue la última persona con Devin Baker antes de desaparecer. El interrogatorio inicial del teniente Gómez produjo respuestas que las autoridades dicen que no tienen sentido, y ahora se lo considera sospechoso de la desaparición del hombre sanador.

Devin sintió que sus manos se volvían húmedas y su ansiedad aumentaba mientras leía el siguiente titular. *Cargos presentados en la desaparición de Devin Baker*. Este artículo estaba vinculado a otro que databa casi un año después. *Gómez absuelto en la desaparición de Devin Baker*. Devin lo leyó y vio una declaración del capataz del jurado, que decía: "*La fiscalía no demostró pruebas de que el teniente Gómez hizo algo criminal, a pesar de que su descripción de los hechos todavía parece imposible."*

Devin se desplazó hacia arriba por última vez y vio otro titular. *Ejército despedirá a Sawyer Gómez luego de su juicio en el caso Devin Baker*. Puso el comp de bolsillo sobre la mesa y se lo devolvió a Matthew.

El general Quimby vio la expresión de desesperación en su rostro. "¿Qué aprendiste?"

Durante un largo momento, Devin no dijo nada y luego rompió el silencio: "Sawyer es mi mejor amigo. Lo ha sido desde que éramos niños pequeños. Estaba conmigo cuando me trajiste aquí. No había nadie más alrededor. Lo arrestaron. Piensan que me hizo algo. Incluso hubo un juicio."

Se hizo un completo silencio en la sala.

"No te voy a ayudar. Necesitas enviarme de vuelta."

"Devin, lamento mucho lo que le pasó a tu amigo Sawyer," dijo el general. "Realmente lo siento. Pero lo que necesitamos que hagas es mucho, mucho más grande que tu amigo."

Espetó Devin, sintiendo la ira hervir como raramente lo había hecho antes, "¡Sawyer es mi mejor amigo! Es un oficial del ejército de los Estados Unidos, como tú." Apuñaló con el dedo a Quimby. "¡No le haré esto a él!"

Los tres hombres se sentaron en silencio y evitaron mirar a Devin. Cada uno intentaba pensar en algo que decir, pero se quedó vacío.

Después de minutos de incómodo silencio, Devin se levantó y salió de la habitación.

evin se dio la vuelta, despertando lentamente. Una línea intravenosa todavía estaba segura en su brazo. De mala gana había permitido que Brian Stoffer comenzara una infusión de un medicamento que supuestamente fortalecía las células para que resistieran mejor los efectos del viaje en el tiempo. Este era el mismo compuesto que les había dado a los voluntarios que habían viajado en el tiempo para crear a Devin. Como había sido sometido a un salto en el tiempo una vez y nadie estaba seguro de cómo otro movimiento a través del tiempo lo afectaría tan pronto, no correrían ningún riesgo.

Devin solo había aceptado la línea intravenosa cuando Brian y Matthew prometieron encontrar una manera de cumplir la misión y regresarlo a su tiempo. También señalaron que esto sería necesario incluso si solo lo enviaran a casa.

Devin se quitó la manta y balanceó las piernas sobre el costado del improvisado catre. Habían convertido una pequeña área de laboratorio en una habitación donde se podía dormir. Estaba oscuro y tranquilo, y eso era todo lo que necesitaba para quedarse dormido. Se inclinó hacia el suelo, encontró sus jeans y sacó su teléfono inteligente. No podía conectarse a la red aquí, que era demasiado avanzada, pero podía decirle cuánto tiempo había dormido, nueve horas. Miró la bolsa intravenosa y vio que se había vaciado mientras dormía, así que liberó el tubo de su brazo y le quitó el catéter de la muñeca. El pequeño agujero se cerró antes de que saliera una sola gota de sangre. Terminó de vestirse y salió por la puerta.

Después de detenerse en un baño, Devin se dirigió por el pasillo. Volvió a la sala de conferencias con la ayuda de un miembro de los detalles de seguridad del general Quimby. Matthew y el general estaban sentados a la mesa, junto con otros miembros de los equipos de proyecto de Brian y Matthew. Había una variedad de comida disponible, y Devin se dirigió a un asiento.

"Buenos días, Devin," dijo el general Quimby.

"Buenos días a todos." Devin asintió al grupo.

"¿Dormiste bien?" Preguntó Matthew. "¿Algún efecto secundario de los medicamentos que recibió?"

"No. Estaba exhausto y dormí muy bien. Ahora tengo mucha hambre."

Matthew sonrió. "Mientras dormías, encontramos una solución al problema de llevarte de regreso a casa. Prepararé un comp de bolsillo. Una vez que hayas completado tu misión, la usarás. Tiene instrucciones sobre cómo encontrarme. Podré contactar a Brian y explicárselo para que pueda ayudar. También contiene toda la información que necesitaré para avanzar en la tecnología del viaje en el tiempo para que podamos enviarte a casa."

Los ojos de Devin se agrandaron. "Asumí que no sería posible, pero ni siquiera consideré que podría haber una solución fácil como esta."

"Una vez que me encuentres, utilizando los datos que tienes, podremos realizar las mejoras necesarias en mis procesos. Puede tomar uno o dos meses, pero puedo hacerlo."

"Devin, ¿será eso aceptable?" preguntó Quimby.

"Creo que sí. No puedo ver por qué no funcionaría."

Devin pudo ver el alivio en los rostros de los hombres sentados alrededor de la mesa.

Luego hizo una pregunta que se le había ocurrido mientras esperaba dormir la noche anterior: "¿Les importa si les pregunto algo personal?"

"Claro," respondió Matthew. "Qué quieres saber."

"Me dijiste lo devastador que fue el desastre. ¿Perdieron a alguien?"

Los tres hombres compartieron miradas.

"Mi hija sobrevivió," dijo Matthew. "Mi esposa e hijo no lo hicieron."

"Reconocí lo que sucedía temprano", dijo Brian, "e inmediatamente pusimos en cuarentena a mi esposa y mis tres hijos en nuestra casa hasta que la vacuna estuvo disponible. Tuvimos mucha suerte."

Hubo una pausa antes de que el general Quimby dijera: "Tenía tres hijos adultos. Dos estaban casados y el otro comprometido. También hubo cinco nietos. El prometido de mi hija sobrevivió. Ninguno de los demás lo logró. Mi esposa había fallecido unos años antes de cáncer."

Se hizo el silencio alrededor de la mesa. Devin pensó en cuánto había perdido este hombre, y luego, en unas pocas semanas, tuvo la responsabilidad de toda la nación sobre él. Su admiración actual por el general dio un salto gigante.

"Lamento mucho todo lo que perdió, general," dijo Devin. "Haré todo lo que pueda para evitarlo."

El general Quimby asintió y, volviendo a la normalidad, dijo: "Adelante, come y te diré el plan que hemos estado desarrollando. Te daré dos comp de bolsillo idénticas. Solo se pueden desbloquear con mi biochip o con el que tenga. Irás a mi domicilio. Mi seguridad te detendrá, y deberás mostrarles uno de los videos de la comp. Eso debería convencerlos de que te dejen verme. Después de eso, solo me das la comp y yo haré el resto."

"Eso no suena demasiado difícil. ¿Pero qué hay de este biochip?" Preguntó Devin.

"Todo el mundo recibe un biochip a una edad temprana," dijo Matthew. "A medida que envejecen, se les permite hacer más y más. Los sensores en las puertas leen el chip para permitir el acceso a las personas adecuadas. En las tiendas y restaurantes, los sistemas de ventas consultan el chip y transfieren fondos electrónicamente para cubrir las compras. Todas las computadoras pueden acceder al biochip para permitir el acceso adecuado. Estos son solo algunos ejemplos. Es ilegal alterar o copiar un biochip. En este momento, mi equipo técnico está trabajando en la clonación de mi biochip. Obtendrás el clon. Cuando regreses, todo te identificará como yo. Podrás solicitar un automóvil o realizar una compra, según sea necesario. Las comp de bolsillo que llevas funcionarán para ti porque tienes ese chip en ti."

"¿Por qué clonar el tuyo? ¿No puedo obtener el mío?" Preguntó Devin.

"Eso es lo que íbamos a hacer hasta que nos dimos cuenta de que no funcionaría. Cualquier cuenta que creamos para su biochip hoy no existirá hace varios años. Tu chip no valdría nada. Necesitas un biochip que tenía una cuenta en ese entonces."

"¿No te darás cuenta de que hay alguien más usando tu identidad y denunciarme?"

"La comp de bolsillo que me devolverás me lo explicará todo. Deberías tener tiempo para completar tu misión con el general y encontrarme antes de que note cualquier actividad extraña en mis cuentas."

Devin se sentó en silencio, pensando en su situación.

"Devin, algo te preocupa"" preguntó Brian. "Podemos verlo en tu cara. ¿Qué es?"

"Dudo que esto tenga sentido para ti. Pero durante

años, pensé que se suponía que debía usar este regalo para sanar a las personas. Que fue un regalo de Dios. Pensé que ese era mi propósito. Ahora encuentro que nada de lo que pensaba sobre quién soy es real. Es difícil de procesar."

"Devin, dices que querías usar este regalo para ayudar a la gente," dijo el general Quimby. "Ahora estarás salvando la vida de más de ocho mil millones de personas. Entiendo lo que dices, pero tienes un propósito diferente, un propósito alternativo."

38

Devin entró al laboratorio, el mismo lugar donde había aparecido por primera vez cuando lo halaron hacia el futuro. Mientras caminaba, inconscientemente se frotó el sitio en su brazo derecho donde le habían inyectado el biochip clonado una hora antes. No había ningún dolor o molestia, solo una sensación, y él sabía que ahora había tecnología futurista agregada a su cuerpo.

Se detuvo a unos pocos metros en la habitación y miró con asombro lo que vio. Se estaba tomando más tiempo para inspeccionar la habitación que la última vez que estuvo aquí. Había varias estaciones de trabajo alrededor de la habitación, con equipos de aspecto extraño. Lo más impresionante fue la poca cantidad de monitores de computadora que había. En cambio, la mayoría de las pantallas eran holográficas. El texto y las imágenes, incluido el video, se mostraban en el aire alrededor de las estaciones. La claridad de las imágenes de video era tan buena como si hubiera habido una pantalla.

Devin desvió su mirada hacia el centro de la habitación, donde había un gran arco. Lo había visto brevemente el día anterior, cuando llegó por primera vez. Tenía unos diez pies de alto y dos pies de grosor. El arco era lo suficientemente ancho como para conducir un automóvil pequeño y brillaba con una luz azul neón pulsante. La luz azul lo transfiguró, ya que parecía volverse más y más brillante.

Devin saltó cuando se dio cuenta de que alguien había aparecido detrás de él, a su izquierda.

"Increíble, ¿no?" Dijo Brian.

"¿Cómo funciona?"

"Matthew ha tratado de explicármelo, pero no puedo seguir la física. De alguna manera, el tiempo y el espacio son manipulados, y se abre un portal a otro tiempo. Si no lo hubiera visto funcionar, no lo creería. A medida que almacena energía y abre el portal, esas pulsaciones azules se vuelven más rápidas."

Los dos hombres continuaron mirando las luces intermitentes durante varios segundos.

"¿Entonces estás listo?" Dijo Brian.

"Supongo. Mi tarea es bastante simple. Mi mayor preocupación es cuánto tiempo les llevará a usted y a Matthew llevarme a casa cuando termine."

"Esa compensación adicional que está tomando nos permitirá avanzar con bastante rapidez en nuestros proyectos. Llevarnos de donde estaban hace dos años a lo que ahora tenemos no será demasiado difícil. Deberíamos poder enviarte a casa en solo un mes, tal vez un poco más."

"Les dije a todos que mi habilidad era un regalo de Dios. Ahora volveré con una historia diferente. Me siento como un fraude. No sé si puedo volver a hacer lo que había sido."

"¿Te refieres a los grandes eventos de curación que llevas a cabo? Ganas bastante dinero con ellos."

"¿Cómo sabes sobre ellos?"

"Son lo que nos hizo tan fácil saber que nuestro experimento funcionaría." Lo elegimos al azar de un perfil histórico en línea. Lo investigué en línea y vi que no había nada inusual en usted. Exactamente lo que queríamos. Enviamos a nuestro voluntario para inyectarle el suero justo después de que nació. Unos minutos más tarde, volvimos a buscarlo en Internet y luego hubo mucha información sobre su capacidad de curación. Se escribieron muchos artículos sobre sus sesiones de curación y lo rentables que fueron. Los antiguos artículos que leímos no dudaron de que nuestro experimento no solo había funcionado, sino que hubo un efecto secundario inesperado. También podrías curar a otros."

"Todavía no puedo creer que no fue por diseño. Curarme es genial, pero cuando puedo ayudar a muchos otros, esta habilidad significa mucho más."

Matthew y el general Quimby entraron en la habitación. Matthew llevaba una mochila azul.

El general se acercó a Devin. "Es una cosa asombrosa. ¿No es así?"

"Seguro que lo es. Todo esto es asombroso. Una parte de mí no quiere creerlo, y el resto sabe que es verdad. Solo quiero que te den este problema... bueno, a ti del pasado."

"Devin, el sistema está casi listo," dijo Matthew. "Este paquete tiene todo lo que necesitas. Una computadora primaria y de respaldo para el general, una para que me la des una vez completada la misión, y otra para cualquier información que necesites. Entonces hay cuatro en total. También hay algunos alimentos envasados y botellas de agua, así como un poncho para la lluvia y una muda de ropa. Lamento que la comida que enviamos no sea apetitosa, pero tuvimos que elegir artículos que sobrevivieran al paso del tiempo. No hay muchos artículos comestibles que cumplan ese criterio. Si necesita realizar alguna compra, puede hacerlo a través del biochip."

"Está bien, todo eso suena bien. Pero hay una pregunta más."

"¿Qué es?" Matthew preguntó.

"Si regreso y evito el desastre al darle al General Quimby el mensaje. Entonces la pandemia nunca sucede. Sin la pandemia, no habrá razón para que envíes voluntarios de regreso a tiempo para darme la capacidad de curación. Entonces nunca podré sobrevivir al viaje en el tiempo."

Matthew sonrió: "Eso se llama una paradoja temporal. Un cambio en el tiempo evita que algo suceda que condujo a ese cambio, por lo que ese cambio nunca ocurre. Hay teorías en torno a tales cosas, pero como eres el primero en viajar en el tiempo, nada está probado. Lo mejor que puedo decir es que el pensamiento contemporáneo es que, dado que usted es el que se mueve entre dos líneas de tiempo, no se ve afectado por un cambio que ocurre en la línea de tiempo. Básicamente, llevarás la habilidad contigo mientras cruzas a otro momento."

Devin pensó por un minuto y luego dijo: "Pero eso es solo una teoría. ¿Correcto?"

"Me temo que es lo mejor que tenemos. No ha habido pruebas para demostrarlo de una forma u otra."

La cara de Devin se cayó al darse cuenta de que llegar a casa no era una certeza: "Eso no es muy alentador, pero supongo que ahora no hay otra opción." ¿Qué necesito hacer a continuación?

"Sígueme por aquí," dijo Matthew. "Cuando el sistema esté listo, caminarás por el arco."

Devin se movió hacia donde se le indicó y observó que la luz en el arco latía cada vez más rápido.

Luego, un punto de luz, del mismo color que el arco, se formó y creció hasta el tamaño de una puerta.

39

AÑO 2105

Madison Park, ubicado en Falls Church, Virginia, es un parque familiar de 2.7 acres con muchas comodidades. Esta tarde, llovía ligeramente en el parque desértico. De repente, apareció un punto de luz azul neón brillante a la altura de la cintura. Creció en altura y ancho, y en cinco segundos, había crecido hasta el tamaño de una puerta. Devin atravesó el portal, luego este se vino a menos y desapareció.

Devin tropezó y buscó algo a lo que agarrarse y un lugar para sentarse. Según lo planeado, estaba al lado de un kiosco con varias mesas de picnic allí dispuestas. Se agarró a las patas de madera más cercana del kiosco para mantener el equilibrio mientras se abría camino hacia una de las mesas de picnic cubiertas y se dejó caer sobre el asiento.

Se sentía extremadamente débil y tenía problemas para concentrarse. Todo su cuerpo estaba adolorido, y sabía que sufría una interrupción celular masiva. Se sintió como si tomara una eternidad, pero pasaron solo unos treinta segundos antes de que él sintiera una sensación familiar en todo su cuerpo. El dolor desapareció y su fuerza regresó. Permaneció sentado durante varios minutos hasta que todos los síntomas desaparecieron por completo. Si bien pudo sobrevivir y recuperarse rápidamente de los efectos del viaje en el tiempo, fue la cosa más miserable que jamás haya experimentado, y se alegrará de dejarlo atrás cuando lo lleven a casa.

Lentamente, se puso de pie y siguió el camino por el parque. Devin estaba a solo un cuarto de milla de la residencia del general Quimby. Caminaba a un ritmo rápido, queriendo llegar antes de que fuera demasiado tarde en la noche. Después de salir del parque, giró a la izquierda en North Street, y siguió pasando dos casas grandes y luego giró a la izquierda en Vintage Avenue. La casa del general era la segunda más adelante, a la derecha. Era una estructura de dos pisos con fachada de ladrillo y una gran escalera que corría desde la acera hasta la puerta. Como era de esperar, Devin notó el auto estacionado con el motor en marcha. Sacó la primera comp de bolsillo de la mochila. Era un modelo selecto que normalmente no estaba disponible para los civiles. Ya estaba encendido e hizo una búsqueda de biochips cercanos. Mostraba el de Matthew Becker, que estaba ilegalmente en el brazo de Devin. También había uno cerca para Warren Black. Devin reconoció el nombre de la sesión informativa que el general le había dado, y sacó un video específico.

Con toda la confianza que podía evocar, y recordándose a sí mismo que nadie podía hacerle daño, Devin se acercó valientemente a la puerta del pasajero, la abrió y se dejó caer en el asiento como si fuera el dueño del vehículo.

Estuvo brevemente confundido al ver que no había un volante, hasta que recordó la conversación que había tenido con Brian Stoffer sobre todos los avances tecnológicos en los últimos ochenta y cinco años.

"¿Qué estás haciendo?" dijo el agente Warren Black. "¡Sal! Este es un vehículo oficial del gobierno."

"Hola," dijo Devin, con la voz más amable que

pudo, "Tu nombre es Warren Black. Estás casado con Cynthia Black, anteriormente Cynthia Stout. Tienes dos hijos, Kevin y Dakota. Usted está empleado con el Servicio Federal de Protección y actualmente está asignado para proteger al General Quimby. Tu pareja está en la casa. ¿Tengo su atención?"

"¿Quién eres tú?"

"Mi nombre es Devin. Necesito que veas esto."

Devin presionó un icono en la pantalla de la computadora de bolsillo y reprodujo la grabación que el general había hecho para Warren. Había otras siete grabaciones, todas listas para quien fuera del Servicio Federal de Protección que estaba de servicio esta noche.

Warren no tuvo más remedio que aceptar el dispositivo que Devin puso en sus manos. Miró la pantalla y vio la cara del general Quimby.

"Warren, lamento que esto sea tan inusual, pero necesito que confíes en Devin y me lo traigas a la casa. Esto es de importancia crítica, y no podemos explicar nada más en este momento. Entiendo que esto es extraño y tienes dudas. Entonces, para permitirte confiar en que este mensaje es realmente mío, ¿recuerda la conversación que tuvimos el verano pasado en el picnic? Cuando tu hijo Dakota comentó lo atractiva que es mi hija. No sabía que yo era su padre, y estaba a tu lado cuando lo dijo. Más tarde dijiste que fue el momento más vergonzoso de tu vida. Ambos nos reiremos de eso para siempre. Ahora por favor tráeme a Devin. Siéntete libre de escanearlo en busca de armas y explosivos, pero que se quede con la mochila azul que lleva."

La grabación terminó y Devin tomó la comp de bolsillo de la mano de Warren.

"Lo siento, Agente Black, pero necesitaba llamar su atención y el general dijo que esto lo haría."

Warren echó un vistazo a la mochila, notando que en verdad era azul.

Después de unos segundos para pensar en lo que había escuchado, dijo: "Hay muchas más cosas que están sucediendo hoy de las que me puedo dar cuenta, ¿verdad?"

Warren pensó en el comp de bolsillo que acababa de sostener. Recientemente había actualizado el modelo de su esposa al más nuevo, uno que acababa de salir al mercado. Y este era una generación más nueva. No se esperaba que estuviera disponible por otros dos años, según un artículo que había leído recientemente.

"Muy cierto," respondió Devin mientras abría la puerta del coche.

Warren salió del auto, tomó un dispositivo de la consola y se acercó a Devin. Lo examinó a él y a la bolsa, y tenía una expresión perpleja mientras miraba los resultados.

"Está bien, vámonos," dijo.

Los dos se acercaron a los ocho escalones que conducen a la puerta principal, y Warren tomó su collar y activó un control oculto.

"Dos entrando," dijo en el dispositivo.

Cuando llegaron al escalón superior, Warren se detuvo y miró a Devin.

"El general Quimby en tu video parece un poco más viejo de lo que esperaba."

"Ha pasado por muchas cosas," respondió Devin con una leve sonrisa.

Warren asintió, su sospecha confirmada. Sin embargo, no tenía idea de lo que significaba. Se encontraron con otro agente cuando entraron en la casa.

"Bill, por favor ve a buscar al general. Dile que hay un visitante y que estaremos en su estudio."

Con una mirada confusa, el agente junior asintió y se fue para notificarle al general Quimby. Devin siguió a Warren al estudio y ambos se colocaron junto a la puerta en espera del general.

Tres minutos después, Marcus Quimby se acercó, vestido informalmente con pantalones ligeros, una camiseta y zapatillas.

"Lamento molestarlo, señor," dijo Warren, "pero esto sonaba como si fuera urgente."

Quimby miró a Devin, claramente tratando de determinar cómo este joven podía tener algo tan urgente. Los hizo pasar a ambos al estudio y cerró la puerta.

Devin inspeccionó la habitación y quedó impresionado con la costosa decoración, las paredes con paneles de madera y las numerosas recomendaciones militares que se exhibieron.

De nuevo, Devin tomó el control antes que nadie más. Se acercó al general y lo alejó a unos metros del agente Warren Black.

"General, mi nombre es Devin Baker. Su código de autorización del Departamento de Defensa es 95832140Z."

El general se detuvo con una mirada en blanco. "¿Cómo puedes saber eso? Soy el único que conoce ese código."

Devin presionó el comp de bolsillo en las manos del general, otro video listo para salir.

"Señor, por favor siéntese y presione."

El general, no acostumbrado a que se le dijera qué hacer, frunció el ceño pero de igual forma se dirigió a su escritorio, sacó la silla y se sentó.

"Señor, es posible que no quiera que nadie más escuche esto ahora."

"Warren, creo que ya estamos listos."

"Sí señor. Estaré justo afuera de la puerta si me necesitas." Salió del estudio y cerró la puerta detrás de él.

Devin se sentó y permaneció en silencio. No quería ser una distracción mientras Marcus miraba el video.

Marcus Quimby le dio a Devin una mirada más de desaprobación y presionó play. Devin sonrió cuando el general Quimby se encontró cara a cara con su yo futuro y palideció.

Le llevó quince minutos completos ver el video. Varias veces miró a Devin, quien sonreía y asentía cada vez.

Cuando terminó, miró a Devin. "¿Tienes hambre?"

"Sí señor, lo estoy."

Quimby apretó un botón en su escritorio. "Asistente, por favor envíe algunos sándwiches. Estamos trabajando hasta tarde. Hay dos de nosotros aquí." A Devin le dijo: "¿Viaje en el tiempo? ¿De Verdad?"

Devin asintió con la cabeza.

"¿Y tú eres del futuro?"

"En realidad, solo estoy entregando un mensaje del futuro."

El general parecía confundido de nuevo, claramente no estaba seguro de qué quería decir Devin con eso. "¿Y yo soy el presidente?"

"Sí señor. Pero como no fuiste elegido, te niegas a usar ese título. Y lo odias. En realidad, odias el hecho de que tuviste que tomar el control bajo esas circunstancias."

Quimby asintió con la cabeza. Finalmente, Devin había dicho algo que tenía sentido.

"Debe saber, señor, que por lo que escuché, su control impidió que el país se derrumbara por completo. Si no deshacemos lo que sucedió, pasarás a la historia como uno de los mayores héroes de nuestra nación."

Cuando el general pensó en lo que dijo Devin, llamaron a la puerta. Un ama de llaves entró con un plato de sándwiches y dos jarras. Cuando se fue, Marcus comenzó el video nuevamente y vio toda la grabación por segunda vez mientras comían.

Cuando se completó, Devin preguntó: "Señor, ¿tiene alguna pregunta? Me gustaría ponerme en marcha. Estoy ansioso por volver a mi período de tiempo."

"¿Toda la información que necesito está aquí?" El general levantó la comp de bolsillo. "Tiene la ubicación del laboratorio ilegal, los nombres de los involucrados y la fecha de la crisis. Así que creo que has completado tu misión, Devin."

El general Quimby se levantó y caminó hacia Devin y le estrechó la mano.

"Buena suerte, señor. Estoy seguro de que no es fácil que esto te caiga encima. El destino del mundo está literalmente en tus manos."

Quimby puso una expresión sombría en su rostro y asintió. "Me encargaré de esto."

Devin dejó el estudio y salió. Asintió con la cabeza al segundo agente cuando se fue, pero no vio a Warren Black cuando se fue. Sacó su comp de bolsillo y lo usó para llamar un auto. Le ordenó que se encontrara con él en cinco minutos en el estacionamiento del parque donde había atravesado el portal. Cuando finalizó el pedido, recibió una advertencia de la comp de bolsillo. Es posible que no se pueda cumplir una solicitud con solo cinco minutos de tiempo de espera, y el automóvil puede tardar hasta diez minutos más de lo solicitado. Tendría que llevarlo a la casa de Matthew Becker. Sería tarde cuando llegara, pero se sentiría mejor una vez que estuviera mucho más cerca de volver a su período de tiempo.

Podría haber hecho que el auto lo recogiera en la casa del general, pero por alguna razón se vio obligado a asegurarse de que nadie lo rastreara.

40

El general Quimby se sentó a mirar todos los datos que el hombre había entregado del futuro. El desastre fue increíble. Miles de millones de muertos, y sucedería en un par de meses. El hecho de que tenía que detenerlo era una presión que nunca antes había sentido.

El general fue a su computadora y comenzó a buscar información sobre Argon Technologies. Quería saber más sobre quiénes eran y quién financiaba sus actividades.

Escuchó un golpe en la puerta, y el Agente Warren Black entró.

"Señor, encontré algo que debe tener en cuenta."

"¿Qué es?"

"Cuando dejé a Devin aquí con usted, decidí investigar un poco. Las cámaras de seguridad captaron una buena imagen de su rostro. Lo revisé en todas las bases de datos y no encontré nada. No importa de dónde sea, debería estar allí en alguna parte."

"¿Y no encontraste nada?"

Quimby pensó que podría ser porque Devin vino del futuro. Pero solo tres años en el futuro. Debería verse igual y ser localizable mediante reconocimiento facial.

"No al principio. Entonces comencé a expandir la

búsqueda más y más. Finalmente, encontré un Devin Baker cuya foto es una combinación perfecta. El problema es que la foto fue tomada hace más de 80 años, y que Devin Baker murió como un anciano hace veintitrés años. Pero la foto es una combinación perfecta. Hay más. Cuando lo admitimos, el sistema de seguridad consultó su biochip y lo identificó como Matthew Becker. Lo busqué, y claramente no son la misma persona. Devin no es Matthew Becker, pero está usando su biochip."

"¿Entonces tenemos un hombre del pasado que me entrega un mensaje del futuro?" Se preguntó Quimby en voz alta.

"Señor, no lo comprendo."

"No, te perdiste la mayor parte. ¿Devin sigue aquí?" El general saltó del escritorio, con la comp de bolsillo todavía en la mano.

"Él se acaba de ir. Iba a pie."

Quimby corrió hacia la puerta. Quería más información de este Devin Baker. Abrió la puerta de un tirón, corrió hacia las escaleras exteriores y buscó a Devin calle arriba y calle abajo. Cuando el pie izquierdo del general bajó al primer escalón, la parte inferior plana de la zapatilla hizo contacto con la piedra pulida cubierta por la lluvia y su pie salió disparado hacia adelante provocando la caída del general. Cuando el general aterrizó, la parte posterior de su cuello golpeó el borde del primer escalón, fracturando la segunda y tercera vértebra cervical. El momentum de su rápido movimiento hacia la puerta mantuvo el cuerpo avanzando, y lo hizo caer por las ocho escaleras. Al caer, la cabeza se movía en muchas direcciones, y como no había soporte ahora que los huesos en C2-C3 estaban fracturados. Cuando llegó al descanso de la escalera en la acera, su médula espinal en el sitio de la fractura estaba cortada. También había pequeñas laceraciones en el cuerpo, entre las cuales había varias en la mano que habían estado sosteniendo la computadora de bolsillo ahora destrozada.

Warren Black jadeó cuando el hombre al que se le había encomendado proteger, que se había convertido en un amigo, sufrió tan horrible caída.

Presionó el dispositivo en su cuello. "Código 2, Código 2! El MQ está abajo. ¡Comience SEM ahora!" Bajó corriendo las escaleras, hacia el lado del general. Estaba aterrorizado de lo malo que sería.

"¡General! General Quimby, ¿puede oírme?" El Agente Black gritó mientras se arrodillaba, pero no hubo respuesta.

El equipo de seguridad y SEM harían todo lo posible para salvar la vida de Marcus Quimby, pero sus esfuerzos fueron en vano. La única esperanza que tenía era un hombre que estaba parado en el estacionamiento de un parque cercano, esperando un automóvil y escuchando las sirenas, ajeno a lo que acababa de suceder.

41

Los faros bajaron por el camino e iluminaron el estacionamiento cuando el robotcar se volvió hacia él. Devin dio un paso adelante para encontrarlo, consciente de que había más sirenas en el exterior del parque. Se quitó el poncho para la lluvia y lo sacudió cuando el vehículo se detuvo frente a él, y la puerta trasera se abrió.

"Estoy aquí por el doctor Matthew Becker," dijo una voz desde el interior del automóvil.

"Soy el doctor Matthew Becker." Devin se metió en el auto.

La puerta se cerró y el vehículo giró para salir del parque.

"Doctor Becker, ¿todavía nos dirigimos a su domicilio?" El asistente virtual preguntó. Ya había consultado el BioChip en el brazo de Devin y confirmó la dirección y el método de pago en el archivo.

"Si."

"Llegaremos en unos cuarenta minutos." ¿Te gustaría escuchar noticias, deportes o música en el camino?"

"Música relajante, volumen bajo." Devin se sorprendió de cómo este automóvil hacía todo sin la participación humana.

Durante varios minutos, observó cómo el vehículo se subía a la carretera y aceleraba. Finalmente, se echó hacia atrás y cerró los ojos mientras viajaban. Pensando en lo que había sucedido y lo bien que había ido, sonrió, sintiéndose bien. Un poco húmedo por la lluvia, pero sigue siendo bueno.

Acababa de hacer su parte para salvar el mundo. Ahora dependía del general Quimby. Devin no dudó que el general manejaría esto de manera efectiva. Ese hombre había tomado las riendas de una nación en crisis y la había alejado del borde del colapso. Cerrar un laboratorio de investigación que funcionaba fuera de la ley no sería un problema para él.

Treinta y ocho minutos después, Devin escuchó: "Doctor Becker. Llegaremos en un minuto."

"Gracias." Entonces Devin se preguntó si era normal en este período de tiempo agradecer a un automóvil.

El vehículo se detuvo en una subdivisión, directamente en frente de una casa estilo rancho. Devin sacó el comp de bolsillo y miró la información de la dirección. Después de que se abrió la puerta, y el asistente virtual le deseó buenas noches, salió sin hablar con el auto robótico. Mientras caminaba hacia la puerta principal, sacó otro video.

Mientras se preparaba para tocar, escuchó un chasquido cuando la puerta se abrió y se abrió. Vacilante, Devin entró en la casa, dándose cuenta de que un sensor había leído su biochip y había abierto la puerta, suponiendo que él era el dueño de la casa. Cerró la puerta y no estaba seguro de qué hacer ahora que estaba dentro. Matthew y su familia probablemente estaban todos en la cama. Después de tomarse un momento para pensar, Devin gritó: "¡Hola!" Esperó varios segundos y volvió a gritar: "¡Hola, Matthew!"

Esta vez escuchó algo. Alguien se acercó, aún escondido en la oscuridad de la casa. Devin se giró hacia el sonido de los pasos, con la comp de bolsillo lista, y se sorprendió al ver un gran Pastor Alemán negro y marrón a la vuelta de la esquina. El perro pesaba más de cien libras y tenía un aspecto poderoso. A Devin no le preocupaba que eso lo hiriera, pero no quería que Matthew lo viera por primera vez mientras luchaba con su perro.

El animal se le acercó, meneando la cola. Devin se dio cuenta de que este perro podría ser útil para disuadir a alguien de entrar, pero sería inútil una vez que un ladrón entrara.

Devin cayó sobre una rodilla, y cuando Matthew finalmente encendió una luz y entró en la habitación con un bate de béisbol de madera, Devin y el perro ya eran amigos.

"¿Quién eres y por qué estás en mi casa?"

Devin se levantó del suelo y el perro retrocedió, sintiendo la preocupación de su amo.

Devin se encontró en el lado defensivo de la conversación. El encuentro con el perro le había costado su plan de ser asertivo y tomar el control.

"Matthew, no quiero hacer daño," dijo Devin con su voz más amigable. "Ve esto."

Sostuvo la comp de bolsillo frente a la cara de Matthew y se reprodujo el video.

Matthew no alcanzó el dispositivo, pero sus ojos se abrieron cuando se vio en la pantalla.

"Finalmente lo hicimos. Movimos a una persona en el tiempo. Devin aquí le mostrará toda la información. Necesito que lo escuches. Toda la situación es bastante diferente de lo que habíamos planeado."

"Entra, Devin, y toma asiento en la sala de estar. Necesito que mi esposa, Mallory, sepa lo que está pasando. Nos preocupaba que fueras un intruso." Mientras decía esto, levantó el bate y le sonrió a Devin mientras salía de la habitación para guardarlo.

Cuando Matthew regresó, se sentó frente a Devin. "Entonces, ¿qué está pasando? Estoy emocionado de escuchar que finalmente resolvimos los errores. ¿Pero por qué estás aquí tan tarde en la noche?"

Devin le entregó a Matthew la comp de bolsillo. "Hay mucha información, videos y todos los datos técnicos para avanzar su proyecto a donde estará cuando pase el tiempo. Sin embargo, creo que sería mejor si empezáramos contando toda la historia, tal como la conozco."

Devin durmió profundamente en la habitación de invitados de la familia Becker y fue despertado por alguien sacudiendo su brazo y gritándole su nombre.

"Devin, necesitas despertarte," dijo Matthew.

Lentamente, Devin comenzó a despertar. Se sintió desorientado en cuanto a su ubicación. Mirando por la ventana, vio que era temprano. El sol comenzaba a salir. Luego se centró en la cara de Matthew y las cosas comenzaron a volver a él.

"¡Vamos, Devin, levántate!"

"¿Qué pasa?" Preguntó Devin. La ansiedad en la voz de Matthew se registra con él.

"Tenemos un gran problema. Marcus Quimby está muerto."

Devin saltó de la cama. "¿Qué pasó? ¡No puede estar muerto! Todavía está vivo dentro de tres años. Me encontré con él."

Matthew le entregó un comp de bolsillo a Devin y activó una transmisión de noticias en línea.

"Las autoridades informan que el general Marcus Quimby, presidente del Estado Mayor Conjunto, está muerto. Murió en su casa después de algún tipo de accidente frente a su casa aproximadamente a las 11:00 p.m. anoche. El Servicio

Federal de Protección está buscando a alguien que pueda tener información sobre el incidente". La foto de Devin apareció en la pantalla. "Este hombre, conocido como Devin Baker o Matthew Becker, puede tener información, y las autoridades están ansiosas por hablar con él."

Devin le devolvió el dispositivo a Matthew y con un estremecimiento en su voz: "Salí de su casa a eso de las once. Estaba sentado en su estudio, leyendo los datos que le di. Él es el único con la información necesaria para detener la pandemia."

"Si Quimby estaba vivo dentro de tres años y ahora está muerto, algo que hiciste debe haber cambiado la línea de tiempo."

"Cuando me fui, él estaba leyendo. No hice nada más."

"Bueno, ellos tienen mi nombre. Probablemente del biochip que tienes. No pasará mucho tiempo antes de que las autoridades vengan aquí. Buscarán información."

"Necesito irme. Tengo que averiguar qué hacer. Tiene la información necesaria para avanzar en su trabajo y el de Brian. Una vez que lo resuelva, estaré en contacto." Devin sacó su bolsillo y solicitó un auto.

"Parece que hay dos opciones. O encuentras a alguien más que puede ayudarte o detienes el desastre tú mismo."

Devin paseó por la habitación, la energía nerviosa necesitaba ser liberada mientras estudiaba información sobre su comp. Esto continuó durante unos minutos hasta que un auto gris se detuvo en la acera.

Matthew salió de la habitación, luego regresó y le entregó a Devin algo que parecía una banda elástica.

"Quizás quieras esto. Ocultará la señal del biochip. Puedes ponértelo y quitártelo según sea necesario. Copiar o alterar un biochip es ilegal. Ocultar uno no lo es."

Devin le dirigió una mirada inquisitiva.

"Podría haberlo usado algunas veces en la universidad." Matthew sonrió.

"Te contactaré." Devin tomó la banda y levantó su mochila.

Salió de la casa sin mirar atrás, y cuando Devin se acercó al auto, la puerta se abrió.

"Buenas noches, doctor Becker," dijo el coche.

Devin se sentó en la parte de atrás y la puerta se cerró.

"Doctor Becker, su solicitud de automóvil no contenía un destino."

"Llévame al parque Pershing en Washington DC."

El vehículo comenzó a moverse. "Con el tráfico nocturno, deberíamos llegar en aproximadamente treinta y nueve minutos."

Pershing Park es un parque de 1.75 acres llamado así por el general John Pershing. El general Pershing sirvió como comandante de la Fuerza Expedicionaria Americana en Europa durante la Primera Guerra Mundial. El parque sirve como un monumento conmemorativo de esa guerra. Ubicado entre las calles 14 y 15, el parque se encuentra a lo largo de Pennsylvania Avenue y a pocos pasos de la Casa Blanca. Devin pensó que pedir que lo llevaran directamente a la Casa Blanca podría generar algún tipo de alarma. Supuso que era solo cuestión de tiempo antes de que alguien rastreara el biochip, por lo que quería mantenerse por delante de ellos. Necesitaba tratar de concentrarse en la información sobre la pandemia y no en la muerte del general. Además, cuanto más bajo en la cadena alimentaria comenzara, más difícil sería luchar para llegar a la cima.

Continuaron durante lo que pareció media hora. El automóvil maniobró hacia el carril derecho y comenzó a disminuir la velocidad para tomar una salida. Fue entonces cuando Devin notó una luz roja parpadeando en el tablero por unos segundos y luego se detuvo. La velocidad del auto aumentó.

"¿Qué está pasando?"

"Doctor Becker, me han ordenado que lo entregue a una ubicación alternativa."

43

Devin consideró lo que estaba sucediendo por solo un par de segundos, luego forzó su puerta a abrirse contra el flujo de aire a ciento doce kilómetros por hora. Agarró su bolso y se arrojó fuera del auto que todavía aceleraba, agarrándose la parte de atrás de su cabeza para que sus brazos protegieran el cráneo, con la bolsa presionada contra su cara. Necesitaba sobrevivir al accidente, incluso por solo unos segundos. Se estrelló contra el suelo con fuerza extrema. Sucedió tan rápido que no pudo estar seguro de todo lo que lesionó. Sintió que algo en su hombro derecho se rompía, y luego cuando cayó sobre el asfalto, su cadera y pelvis tuvieron algo catastrófico. También sintió que su pierna izquierda se doblaba de una manera que nunca se pretendió.

Cuando se detuvo, sabía que había muchas otras lesiones porque el dolor estaba en todas partes y su respiración era difícil. Trató de gritar pero no pudo respirar lo suficiente. Se quedó quieto, incapaz de moverse y sintió que la conciencia se desvanecía. Luego, una sensación familiar se hizo cargo cuando su nivel de alerta se redujo. Se sintió aliviado cuando el intenso dolor desapareció de repente. Sintió que sus huesos y músculos volvían a su lugar y se curaban. Lo siguiente de lo que se dio cuenta fue de que las ruedas de un camión le pasaron muy cerca cuando el yacía a un lado de la autopista. Se puso de pie de un salto y corrió hacia la rampa de salida. Solo veinte segundos antes, todavía hubiera estado en el auto.

Cuando Devin llegó al final de la rampa, se movió hacia las sombras. Alcanzó su bolsillo y encontró la banda que Matthew le había dado, y comenzó a deslizarla sobre su brazo cuando vio toda la sangre en su piel. Sus heridas, al zambullirse del auto en movimiento, habían existido solo por un breve tiempo, pero fue suficiente para que saliera un poco de sangre, y cubrió gran parte de su cuerpo. Se dio cuenta de que su camisa estaba manchada y desgarrada. Se la quitó y sacó una botella de agua de su mochila. Utilizó las partes más limpias de la camisa destrozada y un poco de agua para eliminar tanta sangre como pudo de su piel. Lo comprobó y vio que sus jeans habían aguantado mucho mejor. Había sangre en ellos, pero a él no le preocupaba eso. Sacó una camisa de repuesto del paquete, se la puso y luego colocó la banda sobre el biochip. Recordando las restantes piezas de bolsillo, volvió a revisar la bolsa y se sintió aliviado al ver que las robustas maletas habían resistido el violento impacto.

Cuando Devin terminó de limpiarse, oyó que se acercaban las sirenas y salió corriendo de la rampa de la autopista. Su investigación, mientras paseaba por la sala de estar de Matthew, le había contado sobre Pershing Park. Habría sido un excelente destino para él porque estaba muy cerca de la Casa Blanca. Ahora, asumió que pronto habría gente esperándolo en el parque. Habrían obtenido su destino previsto del RobotCar.

Se movió varias cuadras, caminó unos nueve kilómetros y se acercó a la Casa Blanca desde la dirección opuesta. La larga caminata fue un inconveniente, pero el tiempo le permitió crear el comienzo de un plan.

Con la mejora dramática en la tecnología de escaneo, la seguridad de la Casa Blanca había cambiado significativamente en la década de 2060. Muchas de las defensas tipo fortaleza fueron modificadas o eliminadas, y la tecnología avanzada proporcionó advertencias tempranas de posibles amenazas. Si Devin hubiera estado llevando explosivos, incluso balas que contengan pólvora simple, los sensores se habrían activado. Entonces la seguridad lo habría interceptado cuando todavía estaba a más de una milla de distancia. Debido a esto, aparte de la valla icónica que todavía rodeaba la propiedad, la mayoría de las barreras físicas se habían eliminado. Por lo tanto, fue capaz de caminar directamente hasta una pequeña caseta de vigilancia que controlaba el acceso a una unidad, que se usaba para entregas a la Mansión Presidencial.

El guardia de seguridad levantó la vista y vio a Devin acercándose, todavía a cincuenta metros de distancia. Su turno acababa de comenzar, y ya estaba teniendo que lidiar con esto. Aquí vamos de nuevo, pensó. Los letreros publicados eran grandes y su significado era claro. Esta ruta era solo para tráfico de entrega. No hay caminatas.

El guardia se dio cuenta de la mochila, que siempre era una preocupación. Volvió a mirar su escáner e hizo algunos ajustes. No había explosivos y nada de metal lo suficientemente grande como para ser un arma. Había dos dispositivos electrónicos que se identificaron como comp de bolsillo. Eso fue un poco extraño, pero no preocupante. También había tres botellas de un líquido desconocido. Los escaneos dieron un 88 por ciento de posibilidades de que fuera solo agua. Sea lo que sea, no fue explosivo ni inflamable.

La preocupación más importante, dijo el sistema, era que no había respuesta de biochip. Hubo algunas personas que los rechazaron, pero eran pocos y distantes. Lo más probable es que lo estuviera escondiendo. El guardia de seguridad ajustó el sofisticado escáner y se centró en el antebrazo de la persona. Ahora detectó una señal débil, no suficiente para obtener información, pero había un biochip protegido.

El hombre estaba ahora a unos cincuenta pies de distancia. Había manchas y algunas rasgaduras en sus pantalones. El escáner indicó un 92 por ciento de posibilidades de que las manchas fueran de sangre. Tan avanzado como era el escáner portátil, no podía determinar si la sangre era suya, o incluso si provenía de un humano. Necesitaría un equipo más sofisticado para eso.

"¡Señor, esta entrada es solo para tráfico de vehículos! Ha pasado cuatro señales que le informan de eso."

Devin continuó acercándose.

"¡Señor, por favor, gire y regrese por donde vino!" El guardia gritó.

Devin se acercó al hombre que vestía una camisa blanca de manga corta. El parche en su brazo lo identificó trabajaba para el Servicio Federal de Protección. Su etiqueta con el nombre decía *Chad James*.

"Oficial James," dijo Devin con su voz más amigable. Pido disculpas por mi enfoque inapropiado y mi aspecto desaliñado, pero fue necesario. Necesito hablar con su supervisor de inmediato. Hay un problema que necesito discutir con él o ella."

"¿Qué tipo de problema? ¿Por qué estás protegiendo tu biochip?"

"Lo siento, pero le explicaré todo eso a su supervisor."

"¿Cuál es su nombre?"

"Devin Baker."

El guardia desarrolló una mirada de confusión. El

nombre parecía familiar, pero no podía ubicarlo donde lo había escuchado antes.

"Señor. Baker. Necesito que descubra su biochip, luego se dé la vuelta y se vaya. Esta entrada es solo para tráfico de vehículos. Si no se vas ahora, convocaré a otros que lo arrestarán."

Devin levantó el brazo izquierdo con la palma hacia el guardia. La palma se abrió de par en par, los músculos y los huesos son visibles. Tan rápido como había aparecido, la horrible laceración desapareció y bajó la mano.

"Chad," dijo Devin con fuerza. "¡Consiga a su supervisor ahora!"

Con los ojos muy abiertos, Chad tocó un punto oculto en su cuello y comenzó a hablar. Devin no pudo escuchar todo lo que dijo, pero pudo ver el desconcierto en la cara de Chad. Reprimió una sonrisa. Hasta ahora, las cosas iban según lo planeado.

Devin esperó unos cuatro minutos. El guardia lo miraba ocasionalmente, pero no dijo nada más. Devin oyó un ruido y se volvió para ver a tres personas que se acercaban. Estaban marchando por el camino, viniendo desde la dirección de la Mansión Presidencial. Dos eran guardias uniformados como Chad. Un hombre y una mujer. El otro era un hombre con traje. Los guardias habían enfundado armas que parecían grandes y extrañas para Devin. El hombre del traje caminó delante. También tenía un arma de algún tipo oculta debajo del abrigo de su traje.

Mientras se acercaba, miró a Devin y su expresión indicó que no estaba impresionado.

El hombre del traje habló. "Entiendo que insiste en hablar con un supervisor del Servicio Federal de Protección y que causó algún tipo de molestia aquí."

"Sí, necesito hablar con alguien a cargo. Pero no he molestado, señor. No soy una amenaza."

El hombre miró a Chad y señaló el escáner.

"Todo claro," dijo Chad.

"El supervisor del Servicio Federal de Protección no está disponible en este momento. Estoy con el Servicio Secreto. Tienes que irte de inmediato."

Devin dio un paso adelante y le tendió la mano. "Mi nombre es Devin, y tenemos que hablar. Hay un problema que necesito discutir con el Presidente. Me encantaría comenzar con su Jefe de Gabinete o con quien esté a cargo de sus detalles de protección."

El agente ignoró la mano ofrecida, cerró los ojos por un segundo y suspiró frustrado. Otro loco que pensó que podía acceder al presidente. Esta es precisamente la razón por la cual el Servicio Federal de Protección hace su trabajo aquí, para evitar que el Servicio Secreto tuviera que lidiar con estas tonterías. Hoy, de todos los días, el supervisor de SFP llamó que estaba enfermo y su reemplazo todavía estaba a treinta minutos de distancia.

"La gente no solo camina y ve al Presidente. Ahora, estos dos oficiales lo escoltarán fuera de los terrenos. Si causa algún problema o regresa, será arrestado."

Los dos oficiales que habían llegado con el agente dieron un paso adelante y cada uno tomó uno de los brazos de Devin. Mientras intentaban escoltarlo, se arrodillaron y comenzaron a gritar. La carne de sus antebrazos se había abierto casi tan pronto como lo tocaban. Inmediatamente lo sueltan. Devin mantuvo las manos abiertas, los dedos extendidos a la altura de su pecho. Miró a Chad y al agente del Servicio Secreto, que ahora tenían armas de aspecto extraño en sus manos.

"No quiero hacer daño. Yo puedo ayudarlos." Devin se volvió hacia la mujer en el suelo, sosteniendo su brazo destrozado.

Cuando se agachó, una sensación que se sintió como quemada y electrocutada al mismo tiempo golpeó contra él y lo arrojó de rodillas. El dolor desapareció rápidamente.

"Deja de esa tontería," dijo Devin, forzando un tono tranquilo, y le dio al agente la mirada que uno usaría al corregir a un niño pequeño.

Devin agarró la mano de la mujer en el suelo y le llevó el brazo a la normalidad. Luego se levantó y la ayudó a ponerse de pie. Luego fue y le tendió la mano al segundo guardia. Para cuando Devin lo ayudó a ponerse de pie, sus heridas habían desaparecido.

Se acercó al agente. "Guarda el arma."

"¿Cómo hiciste eso? Se garantiza que esto golpearia a un rinoceronte y lo mantendría fuera de si durante diez minutos." El agente indicó el arma mientras la enfundaba.

"¿Me veo como un rinoceronte?" Devin peleo una sonrisa. "Vámonos. Jefe del Servicio Secreto o Jefe de Estado Mayor. Tu elección." Comenzó a pasar la puerta de la guardia y siguió el camino que el agente y los guardias habían tomado en su camino hacia la caseta de vigilancia. "Vamos chicos. No soy una amenaza. Si quisiera causar problemas, ya estaría dentro."

44

El agente del Servicio Secreto se mantuvo a poca distancia detrás de Devin y habló con alguien dentro a través de una radio oculta. Devin no pudo escuchar lo que dijeron, pero se dio cuenta de que estaba dejando que otros miembros de su equipo supieran de la situación. Mientras se acercaban a la Casa Blanca, el agente había alcanzado a Devin.

"Así que te dije mi nombre," dijo Devin. "Nunca me dijiste el tuyo."

"Travis. Travis Marks."

"Encantado de conocerte, Travis. Por favor no me dispares con tu pistola de rayos otra vez. Fue un poco doloroso."

"Me di cuenta de por qué su nombre es familiar," dijo el agente Marks, ignorando el otro comentario de Devin, "usted es el que están buscando en relación con la muerte del general Quimby. ¿Correcto?"

"Quieren hacerme algunas preguntas. No tuve nada que ver directamente con la muerte del general. Me había ido antes de que sucediera. Su muerte es la razón por la que tuve que venir aquí. En cierto modo, él era un amigo, y su muerte me preocupa bastante. Sin embargo, eso es insignificante en comparación con lo que necesito discutir con el Presidente."

"¿Sabes que no te llevaré a ver al Presidente? No podría, incluso si quisiera."

"Por supuesto. Yo tampoco te necesito. Me estás metiendo en el edificio y en contacto con los de arriba. Ese es tu papel en esto. Me llevarán al Presidente cuando les muestre y les explique lo que tengo. Te aseguro que no quiero hacer ningún daño."

El agente Marks pensó en esto. Se dio cuenta de que Devin estaba manipulando toda la situación y comenzó a dudar de la decisión de llevarlo adentro. Estaba empezando a parecer que esto era parte de un plan más grande.

"Por aquí, Devin." El agente Marks dirigió a Devin lejos del camino principal y hacia una puerta más pequeña.

Devin lo siguió.

El agente Marks se acercó a la puerta y se abrió al detectar su BioChip. Entraron en el edificio y había dos agentes adicionales esperándolos adentro. Se alinearon detrás de Devin mientras caminaban por un pasillo. Pasaron por dos puertas más y se encontraron con un gran escáner rectangular integrado en las paredes y el techo del pasillo.

"Devin, necesitaremos que recorras el escáner en solo un minuto." El agente Marks pasó, luego fue a una consola y activó el potente escáner. "Está bien, camina a través de él."

Devin se congeló, un poco preocupado. "¿Este escáner dañará la electrónica o los datos almacenados en ellos?"

"No, es perfectamente seguro."

Devin asintió, entró y continuó hasta la consola, donde miró la pantalla holográfica. Podía ver todo el contenido de la mochila y otra imagen de su cuerpo.

"Si te hace sentir más cómodo, dejaré la mochila aquí. Solo necesito las comp de bolsillo."

"No, puedes quedarte con él. Vemos de qué se trata todo. No hay de qué preocuparse."

El agente Marks apagó el escáner y continuaron por el pasillo hasta un área marcada como *Seguridad*. La primera habitación que pasaron tenía escasos muebles, con solo una mesa y tres sillas. Entraron en la segunda habitación. Tenía algunas decoraciones, un sofá y algunas sillas cómodas. Devin se sentó en una silla azul acolchada, y los tres agentes entraron en la habitación, dejando la puerta abierta.

"Alguien estará aquí en unos minutos," dijo el agente Marks.

"No hay problema." Devin abrió el paquete y sacó una botella de agua y un paquete de comida que había traído del futuro.

Uno de los otros agentes dijo: "¿Qué es lo que estás comiendo?"

"No estoy exactamente seguro. Es muy seco y no tiene sabor."

"Entonces, ¿por qué lo estás comiendo?"

"No pude traer nada que contenga material vegetal o animal. Esto es lo que me dieron."

Los tres agentes se miraron confundidos.

"Devin, puedo pedirte un sándwich si quieres," dijo el agente Marks.

"Gracias. No he tenido nada más que estas obleas en las últimas catorce horas, y tengo hambre."

El agente que había preguntado sobre la comida de Devin salió de la habitación para hacer el pedido.

Mientras esperaban, otro hombre con traje entró en la habitación. Parecía mayor, con el pelo canoso.

"Devin, soy Douglas Miller, el agente de supervisión de guardia. Entiendo que tienes algo que decirme y que ha habido algunas cosas inusuales aquí desde que llegaste."

"Sí, señor, lo hago. Pido disculpas por la interrupción que causé, pero necesito hablar con el

Presidente y no tengo mucho tiempo. Así que he usado un poco de drama para llamar la atención de tu gente."

"Veo. Ciertamente tienes nuestra atención. ¿Cuál es la información crítica?"

"Primero, señor, vaya al internet y busque a Devin Baker a principios de la década de 2020."

"¿Eso habría sido hace ochenta y cinco años?"

"Correcto." El agente Miller ingresó la información en la consola. "No veo qué podría tener que ver eso con..." Miró a Devin y luego miró hacia atrás la imagen holográfica que flotaba en el aire frente a él. "Travis, mira esto."

Travis se movió detrás de su jefe y miró la imagen.

"Sin duda han capturado docenas de imágenes mías," dijo Devin, "comenzando incluso antes de llegar a la caseta de vigilancia. Incluso en mi tiempo, existe la capacidad de reconocimiento facial. ¿Qué dice su sistema?"

Los hombres no respondieron. Hablaron en susurros y continuaron trabajando en la consola. De vez en cuando, miraban a Devin con expresiones confusas.

Devin se sentó en silencio, excepto cuando alguien traía su comida. Le habían dado un sándwich de pavo con pan de trigo, lechuga y tomate. Había algunas patatas fritas y un vaso de limonada también. Devin comió la comida y terminó antes de que los dos agentes hubieran completado su investigación. Devin solo pudo escuchar un poco de lo que dijeron los agentes, pero en un momento, escuchó a Travis decir: "Esto no es posible."

Finalmente, los dos se alejaron de la consola, mirando a Devin.

"Devin, la comparación facial dice que hay una combinación perfecta entre las imágenes de hace ochenta y cinco años y lo que capturamos hoy," dijo el agente Miller.

"Lo sé." Devin asintió con la cabeza.

"Además, el escáner por el que te hice caminar es extremadamente sofisticado y capturó tu secuencia de ADN. No solo en tu cuerpo, sino también por la sangre en tus pantalones. Sabemos que la sangre en tus pantalones es tuya y solo tiene unas pocas horas, pero tampoco hay heridas de las que la sangre podría haber salido. Comparamos el ADN con una muestra que se tomó hace unos setenta años de ese Devin Baker, y coinciden perfectamente."

Devin asintió con la cabeza. "Eso es lo que esperaba, aunque no sabía que su escáner podría capturar mi ADN. Eso es impresionante."

"Envié los datos a nuestro equipo de tecnología. Lo están investigando un poco más profundamente. Recuerdo haber escuchado sobre el Devin Baker de hace sesenta y ochenta años, todas las cosas que podía hacer. Exactamente el tipo de cosas que nuestra gente informa que te vieron hacer. ¿Puedes explicar algo de esto, por favor?"

"Una última cosa que necesito mostrarte primero.

¿Estoy en lo cierto de que un biochip almacena un registro de su actividad?"

"Eso es correcto."

Devin bajó la banda que bloqueó su biochip. "No es mío. Está clonado. Necesitaba poder operar aquí, pero no tenía uno. Verifique la actividad en él y las fechas en que fue consultado."

Mientras regresaba a la consola para escanear el chip, Miller dijo. "No tenías un biochip propio porque eres del pasado. Eso es lo que estás diciendo. ¿Correcto?"

"Sí, eso es verdad. Soy el mismo Devin de hace ochenta y cinco años, pero eso es solo una parte de eso."

Los dos agentes volvieron a mirar los datos holográficos que se desplazaban frente a sus caras. Y una vez más se miraron, todavía confundidos.

"Devin, estaba empezando a creer lo que estábamos

viendo," dijo el agente Miller. "Ahora estoy confundido de nuevo. Parece que tienes ochenta y cinco años en el pasado y llevas un biochip recientemente implantado y probado dentro de tres años, en el futuro."

"Si ustedes piensan que eso es confuso. Deberías estar de este lado. Hace dos días, estaba ocupándome de mi propio negocio en el año 2023 y no tenía idea de que alguna vez existiría un viaje en el tiempo."

Devin buscó en la mochila, finalmente satisfecho de que lo tomarían en serio. Sacó una comp de bolsillo, idéntica a la que le había dado al general Quimby antes de su muerte.

"Esta composición está bloqueada para mi biochip clonado y el del general Quimby. He desbloqueado tres videos. Llévelos al presidente y asegúrese de que los vea de inmediato. No queda mucho tiempo Fui enviado aquí dentro de tres años en el futuro, por el General Quimby para darle al General Quimby de su tiempo esta información para que se pueda evitar una pandemia global. Después de dárselo, sucedió algo y lo mataron. Pero lo conocí dentro de tres años. Mi interacción con él debe haber desencadenado cualquier accidente que lo haya matado. Después de que eso sucedió, tuve que idear un nuevo plan. Es por eso que estoy aquí."

45

Los cuatro helicópteros atravesaron el desierto de Arizona. El general Dwain Peck, director del Instituto de Investigación Médica de Enfermedades Infecciosas del Ejército de EE. UU. (USAMRID), subió a bordo del primero. Levantó la vista y observó que la docena de soldados de operaciones especiales fuertemente armados estaban sentados en silencio, preparándose mentalmente para lo que pudieran experimentar en el suelo. El Dr. Jake Dexter de Argon Technologies los acompañó.

El Dr. Dexter había sido convocado al Pentágono hace dos días, supuestamente para informar sobre el progreso del trabajo que estaba llevando a cabo Argon Technologies. Después de su informe, fue arrestado de inmediato e interrogado extensamente sobre la investigación que estaba haciendo su compañía. Se llevaron a cabo otras detenciones dentro del Pentágono. La policía militar detuvo a todos los involucrados en el pedido y la financiación de los proyectos ilegales.

Durante su interrogatorio, el Dr. Dexter había confirmado que habría un corte de energía de los sistemas no esenciales programados en dos semanas.

El general Peck pensó en cuándo había recibido la información sobre esta situación. La mayor parte fue presentada por un joven que obviamente estaba un poco fuera de lugar en la Casa Blanca. Nadie proporcionó el apellido, título o cargo del hombre. Simplemente lo llamaron Devin. El presidente incluso difería un par de veces cuando se le plantearon preguntas. Al parecer, él era la fuente de información sobre el peligro extremo en el laboratorio de argón.

El general había recibido muchos datos para leer, pero no le dijeron nada sobre quién era el joven o dónde se había originado la información. Los documentos estaban notablemente incompletos, habían sido redactados con información específica. Pero aunque su información estaba incompleta, la misión de Peck era clara. Tenía que, a toda costa, asegurar cada muestra de un arma biológica de desarrollo conocida como X-5207, y todos los datos relacionados con ella. También necesita confiscar las mil dosis de una vacuna contra esta arma biológica.

Mientras estaba en el aire, el Dr. Dexter se había puesto en contacto con el jefe de seguridad de Argon Technologies. Informó al general Peck que varios helicópteros militares estadounidenses estaban en camino y que el equipo de seguridad no debería interponerse en el camino. La seguridad de Argon continuaría manejando los puestos de seguridad externos, y el personal del Ejército se haría cargo dentro.

Los dos primeros helicópteros aterrizaron juntos y sus equipos desembarcaron rápidamente. Los helicópteros necesitaban volver a despegar del suelo y dejar espacio para los otros dos, que estaban cerca. En el segundo avión había doce hombres y mujeres con trajes ajustados de una pieza y dos hombres con trajes de negocios. El grupo en trajes ajustados esperaba el equipo que llegaría en los últimos dos aviones. Los hombres de traje de negocios eran agentes del FBI.

Mientras el resto del componente descargaba su

equipo, el grupo de los recién llegados descendieron al complejo de laboratorio.

El Dr. Dexter conocía sus órdenes. Debía asegurarse de que nadie sonara una alarma o destruyera ninguna evidencia. Si cooperaba, cuando se presentaran los cargos, recibiría una consideración especial.

"Necesito que todos se reúnan en la sala de conferencias uno," anunció Jake Dexter a todos en el área de la oficina, luego activó el sistema de comunicación interno que transmitía su voz a través de toda la instalación. "Todos los que no están en el área de contención deben reunirse en CR-uno de inmediato."

Cuando los primeros empleados de Argon se acercaron a la sala de conferencias, miraron con los ojos muy abiertos a los comandos de operaciones especiales fuertemente armados que se encontraban en los pasillos y en cada puerta.

Cuando todos se mudaron a la sala de conferencias, el último de los recién llegados entró a las instalaciones. Había seis de ellos con trajes de contención de última generación. Estaban completamente encapsulados y tenían su propio suministro de aire. Tres de ellos portaban armas de energía que habían sido especialmente modificadas para ser utilizadas con los trajes de contención. Estos equipos se dirigieron directamente a la primera escotilla que conduce al laboratorio.

La doctora Elizabeth Cox no sabía lo que estaba sucediendo. Ella escuchó el anuncio para que todos se reunieran. Sin embargo, ella estaba en la zona caliente y no podía quitarse fácilmente para ver qué estaba pasando. Sabía que el trabajo que estaban haciendo no era exactamente legal, pero había dedicado cuatro años de su vida a este proyecto y estaba entusiasmada con lo lejos que habían llegado. No podía imaginar a nadie deteniendo este trabajo después de haber habido tanto progreso.

Cuando la esclusa se abrió y las cuatro personas entraron, la Dra. Cox palmeó el pequeño frasco de vidrio en su mano enguantada.

Una de las personas armadas dijo: "Soy el Mayor Anderson con USAMRID. Necesito que todos aseguren cualquier muestra con la que esté trabajando y proceda a la descontaminación. Explicaremos todo una vez que todos estén completamente descontaminados y en la sala de conferencias uno." Su voz sonaba sorprendentemente clara a través de la máscara.

La Da. Cox salió obedientemente de la zona caliente y pasó por las tres etapas de descontaminación. Mientras avanzaba, mantuvo el frasco atrapado entre el pulgar y la palma. Después de bañarse, se vistió y deslizó el vial en su bolsillo. Luego se congeló y miró a su alrededor. Le preocupaba que alguien pudiera haber visto el movimiento, pero nadie reaccionó, así que fue a la esclusa de aire final, y cuando salió, vio la vista más extraña. Allí estaba Peggy Wilson, una técnica de laboratorio. Estaba llorando y tenía las manos atadas a la espalda. Dos hombres con credenciales visibles que leían el *FBI* la escoltaban fuera de la sala de conferencias.

La Dra. Cox escuchó a la agente decir: "Necesitamos conocer todos los detalles sobre lo que ha estado haciendo."

Elizabeth escuchó solo un fragmento de la conversación, pero fue suficiente para darle la esperanza de que tal vez estaba equivocada, y esto no tenía nada que ver con el trabajo en X-5207.

Su mano rozó su pierna y sintió el vial en su bolsillo. Esta noche, esto estaría en su refrigerador en casa. No se arriesgaba a que alguien intentara detener su investigación.

Devin cruzó una calle en la ciudad de Dhamar, en Yemen. Necesitaba estirar las piernas después de estar encerrado en el hospital durante las últimas seis horas. Le habían advertido que no deambulara ya que el área era conocida por ser violenta. Durante toda la mañana, había escuchado disparos alrededor del hospital. Ya había ayudado a tres personas adicionales que habían sido traídas con heridas de bala.

Mientras paseaba, pasó por varios edificios que solo eran escudos bombardeados. En un caso, él no estaba seguro de lo que impedía que se cayeran los restos de un edificio del gobierno. Ocasionalmente había automóviles que circulaban por la calle y vehículos abandonados quemados al costado de la carretera. La limpieza de los escombros aparentemente no era una alta prioridad.

La mente de Devin recordaba al hombre que consideraba la persona más grande que había conocido: el general Marcus Quimby. Quien unificó y salvó a la nación de la destrucción. Desafortunadamente, nadie más pensaría en él de esa manera, porque en la versión de la historia que quedó, eso nunca sucedió. La gente lo recordaría como un general del ejército de los EE. UU. Y el presidente del Estado Mayor Conjunto que se resbaló y murió en un paso empapado de lluvia, calzando sus pantuflas.

Habían pasado poco más de seis meses desde que Devin había regresado a su propio tiempo. Matthew Becker había logrado que su proceso de viaje en el tiempo avanzara lo suficiente y liberó a Devin del futuro que lo había atrapado. Las cosas no habían estado bien para Devin desde su regreso. Había considerado volver a celebrar los grandes eventos, pero no se sentía bien. Siempre había dirigido esos eventos con la creencia de que estaba usando un don divino. Ahora que sabía la verdad, se sentía como un fraude. Había estado ayudando a la gente, así que todavía estaba haciendo un buen trabajo. Pero ya no podía ponerse de pie en un gran escenario con su nombre en letras gigantes de oro.

Sus pensamientos volvieron a lo que el general Quimby le había dicho. Todavía tenía un propósito, un propósito alternativo. Pero, ¿qué haría él ahora que el propósito para el que fue creado ya fue completado?

En momentos como este, cuando estaba absorto en sus pensamientos, se encontraba presionando con un dedo la carne de su antebrazo derecho, sintiendo la débil forma del biochip aún con él. Había considerado que Brian lo quitara antes de que lo enviaran de regreso. Pero al final, decidió mantener la tecnología futurista. Eso, y la última comp de bolsillo. Sabía que debería haberla dejado en el futuro, pero decidió llevarla a casa con él. Su batería había muerto hace una semana, y no tenía forma de cargarla. Sin embargo, sirvió como un recordatorio de lo que habría sucedido si no hubiera evitado el desastre.

Después de una semana de estar contemplando el propósito de su vida, el director de la Agencia Federal para el Manejo de Emergencias (AFME) lo contactó. Como casi todos los demás, el liderazgo de AFME sabía sobre las cosas que él podía hacer. Querían ofrecerle un trabajo. Haría trabajo por contrato para ellos. En caso de un desastre en cualquier lugar de los EE. UU., Él viajaría al lugar para ayudar a aquellos que resultaran gravemente heridos. El pago no era impresionante, y solo recibiría el pago cuando estuviera en un sitio de desastre, pero la idea lo intrigó. Les dijo que lo pensaría.

Después de tres días, regresó a ellos con una contraoferta. Aceptó un contrato de un año. Su salario ahora sería mucho mejor, y dividiría su tiempo entre AFME, el ejército de los EE. UU. Y la ONU. Depende de esas tres agencias descubrir cómo hacer que los números funcionen.

Estaría disponible para AFME como sugirieron, pero también viajaría a áreas donde se desplegó el ejército de los EE. UU. Ayudaría a las Fuerzas de los Estados Unidos a curar a cualquier personal de servicio que resultare herido. Si ninguna de esas agencias tuviera una necesidad inmediata, la ONU podría enviarlo a cualquier lugar del planeta para usar sus habilidades en tiempos de crisis.

Tenía un avión de alta velocidad a su disposición y podría estar en la escena de un evento en cualquier parte del planeta en menos de un día. Por eso, estaba aquí en Yemen, a la vista de un bombardeo en una plaza del mercado el día anterior. Muchos de los heridos en el bombardeo habían sido niños, y Devin había pasado toda la mañana curando a los sobrevivientes.

Caminó un poco más y luego decidió regresar. Había algunos pacientes menos críticos en el hospital a los que aún no había visitado. Quería ver tantos como fuera posible antes de que su vuelo saliera en tres horas. A diferencia de los EE. UU., Estos hospitales con fondos insuficientes que sobrevivieron con donaciones se alegraron de que viniera y redujera su ocupación.

Cuando se volvió para regresar al hospital, algo lo tiró al suelo y un fuerte dolor le subió por el brazo. No parecía haber nadie cerca, y supuso que había sido una bala destinada a otro objetivo.

Se puso de pie y casualmente regresó al hospital mientras examinaba el agujero sangriento en el hombro de su camisa, el dolor ahora había desaparecido. Movió el brazo en todas las direcciones. No hay problemas.

Cuando Devin entró en el edificio, pasó junto a los guardias armados, que miraban con los ojos muy abiertos el agujero de bala en su camisa con la sangre fresca a su alrededor. Fue a la escalera y se dirigió al segundo piso. Quedaba un pasillo que no había visitado.

La primera habitación, era una habitación estándar para seis personas. Dos de las camas estaban vacías. Desde la llegada de Devin, la ocupación del hospital había disminuido significativamente y los pacientes estaban siendo trasladados para hacer las cosas menos concurridas. El hombre en la tercera cama estaba dormido, pero el cuarto estaba completamente despierto y mirándolo. Devin se sorprendió al ver que el hombre no era árabe.

"¿Eres Devin Baker?" dijo el hombre, con acento australiano.

"Sí lo soy." Devin respondió mientras agarraba una silla de respaldo recto y la colocaba al lado de la cama, y podía ver que la pierna del hombre estaba vendada e inmovilizada.

"Esperaba que pasaras. Soy Danny Cooper. Estoy con médicos sin fronteras."

"Entonces, ¿por qué estás jugando al paciente?" Devin preguntó con una sonrisa.

Danny le devolvió la sonrisa. "Este lugar triste no puede mantener su propio personal, así que me enviaron para ayudarlos. En mi tercer día aquí, estaba comprando en el mercado, al costado de la carretera, y un loco me golpeó con su auto. La chica con la que estaba dice que parecía que lo hizo a propósito. No estoy seguro. De cualquier manera, no se detuvo y mi fémur estaba roto. Una fractura abierta. El hueso sobresaliendo. Lo he visto docenas de veces, pero que te suceda es otra cosa. Después de la cirugía, terminé con una infección, y recién ahora está empezando a mejorar."

"Lo siento. No había oído hablar de ti, o me habría detenido antes."

"Las cosas se pusieron bastante agitadas con el bombardeo. He estado aquí escuchando todo lo que está sucediendo. Es difícil ser la causa de más trabajo para los demás en lugar de ser el que hace el trabajo,"dijo Danny.

"Bueno, Danny, ¿estás listo para salir de esa cama?" Preguntó Devin mientras extendía su mano.

Danny tomó la mano extendida y Devin sintió la sensación de que algo lo abandonaba e inmediatamente lo reemplazaban. Él sonrió cuando vio los ojos de Danny ensancharse. Unos segundos después, Devin, guiado por Danny, se quitó el inmovilizador de piernas y las vendas.

"¡Esto es realmente asombroso! Gracias." Danny se puso de pie y caminó por la habitación, luego, después de un minuto, regresó y se sentó a un lado de la cama. "¿Te molesta que te haga una pregunta, Devin?"

"De ningún modo." Devin retomó su asiento.

"¿Por qué el gran cambio? Escuché sobre tus grandes shows. Cientos de personas sanaron cada noche. Estabas haciendo mucho dinero."

"Creo que tuve un cambio de conciencia. Algo sucedió que me sacudió un poco. Me hizo cuestionar mis motivaciones. Podrías decir que estoy reevaluando mis decisiones. Los espectáculos fueron beneficiosos, pero las grandes producciones y el glamour ahora parecen exagerados. El nuevo yo quiere ser más personal. Mis prioridades son diferentes."

Danny asintió, pensando que entendía. "Parece que quieres moverte del escenario a las trincheras."

Devin asintió con la cabeza: "Firmé un contrato de un año. Ya veremos cómo va. No estoy seguro de dónde finalmente terminaré. No estoy diciendo que nunca volverán a haber grandes eventos, sí ayudan a mucha gente. Probablemente estarían en un parque de la ciudad, no en una sala de conciertos."

"Parece que lo único que sabes es que quieres seguir usando este regalo para ayudar a otros."

Devin asintió con la cabeza. "Solía centrarme en la idea de que Dios me dio este regalo. Ahora que he reevaluado las cosas, me doy cuenta de que todos tenemos dones, y no importa si nacemos con ellos o si los hemos perfeccionado con el tiempo, Dios nos llama a usar esos dones para su gloria. . Ahora que entiendo eso, tengo que descubrir cómo lo voy a hacer. Lo único que sé es que no estará en un escenario con mi nombre en letras de oro gigantes."

Mientras se sentaban juntos, pensando en silencio, podían escuchar las sirenas acercándose.

"Bueno, doctor Danny Cooper, ¿estás listo para volver al trabajo?" Devin se puso de pie.

Danny también se levantó y miró su bata de hospital. "Creo que debería encontrar unos pantalones primero."

Puso su brazo sobre el hombro de Devin y los dos entraron al pasillo.

Querido lector,

Esperamos que hayas disfrutado leyendo *Propósito Alterno*. Tómese un momento para dejar una reseña, incluso si es breve. Tu opinión es importante para nosotros.

Atentamente,

Christopher Coates y el equipo de Next Chapter

Propósito Alterno
ISBN: 978-4-86751-666-9
Edición en rústica

Publicado por
Next Chapter
1-60-20 Minami-Otsuka
170-0005 Toshima-Ku, Tokyo
+818035793528

17 septiembre 2021

www.ingramcontent.com/pod-product-compliance
Lightning Source LLC
LaVergne TN
LVHW031236190726
843491LV00012B/3021